U0685801

蝴蝶变

水湄伊人◎著

中国华侨出版社

图书在版编目（CIP）数据

蝴蝶变/水湄伊人著. —北京：中国华侨出版社
2011.11

ISBN　978-7-5113-1864-0

Ⅰ．①蝴… Ⅱ．①水… Ⅲ．①短篇小说—小说集—中国—当代
Ⅳ. I247.7

中国版本图书馆CIP数据核字（2011）第226064号

蝴蝶变
HUDIEBIAN

著　　者 /	水湄伊人
责任编辑 /	文　锋
封面设计 /	雅格书装
经　　销 /	新华书店
开　　本 /	787×1092　16开　印张 / 15　字数 / 210千
印　　刷 /	深圳市永利达印刷有限公司
版　　次 /	2012年1月第1版　2012年1月第1次印刷
书　　号 /	ISBN 978-7-5113-1864-0
定　　价 /	26.80元

中国华侨出版社　北京市朝阳区静安里26号通成达大厦3层　　邮编：100028
法律顾问：陈鹰律师事务所
编辑部：（010）64443056　　传真：（010）64439708
发行部：（010）64443051
网　址：www.oveaschin.com
E-mail：oveaschin@sina.com

► **目 录** | 蝴蝶变 |

STORY 故事01 替身

检查的结果，令她差点停止呼吸，她所植入的心脏根本不是人的心脏，而是另一种动物的。

1

"我想，我的身体里还藏着另一个人。"肖音音说这句话的时候，神情怪异，在二十五瓦的台灯下，脸色看起来很惨白，声音低沉，听起来竟然像一个男人的声音。

顾东拿着报纸的手哆嗦了一下，关切地问道："另一个人？你是不是忘了吃药，又胡思乱想了。"

"是的，另一个人。"肖音音深深地吸了口气，她把手放在心口，是这里，这里有着另外一个人。

顾东不再言语。

肖音音患有严重的心脏病，做过心脏移植手术，但术后产生的排异性与各种并发症令她很痛苦，而心脏主人的身份是严格保密的。

肖音音说："他是个男人，一个喜欢打篮球与哥特摇滚的男人，我的耳朵里常常充斥着这种诡异而聒噪的音乐。还有，他爱着一个女人。"她顿了一下，看了顾东一眼，"爱得要死。"

2

"医生，她真的很怪，她总觉得自己是个男人，甚至说话的腔调也像男人，还听着一些很诡异的音乐，她以前从来就不听这些的，是不是手术后排异而产生的生理与心理上的幻觉？"

顾东在打电话，声音压得很低，但是，肖音音还是能听个大概。

对方说什么，她没听见。然后她听到顾东叫她去医院，她顺从地点了点头，然后戴了个大墨镜与帽子出发，这样别人就不容易认出她来。她曾是名噪一时的 IT 美女精英，虽然现在没以前那么风光了，但还是低调为宜。

从车上下来，肖音音小鸟依人地偎着他走，阳光打在她身上，虽然脸色看起来有点苍白，人也虚弱，但是，顾东觉得以前那个既能干又温柔的肖音音回来了。

肖音音的主治医生姓吴，是个四十来岁的男人。检查的时候肖音音一直默不作声，快检查完的时候，肖音音突然抓住他的手："医生，能不能告诉我心脏的主人是谁？"

吴医生无奈地摇摇头："这是职业秘密，我不能说的。"

她把手按在胸前，带着乞求的目光看着他："吴医生，我知道自己活不久了，你能不能让我完成这个心愿，你知道吗，这一年来，我都能感觉它内心的挣扎与痛苦，不管怎么样，它已经是我身体的一部分，如果不能知道它还有什么未了的心愿，就算我走了，也走得不暝目啊，医生，求求你了。"

肖音音的眼里满着泪光，吴医生叹了口气，然后找出了一份资料给肖音音。

肖音看着那个男人的照片，手微微颤抖，那是一个跳楼自杀的男人，照片上的男人让她有种似曾相识的感觉，但她知道，她从没见过这个男人，她看着他的名字发了片刻的呆：余他。

然后肖音音用手机拍了他的照片，感觉心脏跳得很快，仿佛找到亲人的那种兴奋。

"吴医生，谢谢你。"肖音音说。

"你要按时吃药，还有情绪要稳定，不要大喜或大悲。"吴医生摇了摇头。

肖音音应了声，然后拿着他给的资料转身离去。

而吴医生，盯着她的背影，嘴角有着难以觉察的诡笑。

3

肖音音是瞒着顾东找到这里来的。

她手里拿着一张纸，反复地对照，终于按下了门铃。

开门的是个六十来岁的妇女，穿着一件咖啡色的裙子，化着妆，怎么看都觉得怪异。看样子应该是余他的母亲，肖音音礼貌地问道："伯母您好，您是余他的母亲吗？"

女人点了点头："你是？"

"事情是这样的，你儿子的心脏移植给了我，所以……"

余母这时目光里有了点热情，忙说："快进来聊吧。"

肖音音在客厅看了看，没什么特别的不同，她想这里就是余他生长的地方吧。

"伯母，能不能告诉我一些余他的事情，他是为什么跳楼？我总觉得这里很不安。"肖音音指了指自己的心口。

女人叹了口气，用一种沙哑而低沉的语气说："余他这孩子从小思想就叛逆，爱跟人打架，爱跳街舞，又热爱滑板，身上到处是伤，没少让我操心，我打过他骂过他，但他认错之后还是照样。但在感情上他一直很执著，女朋友是他高中同学，一谈就谈了八年，本以为水到渠成，谁知在这骨节眼上闹分手，虽然我不喜欢那个女孩，但我还是尊重了他的意见，因为我太了解我儿子的脾气了。"

"我能不能去他的房间看一下。"肖音音接过余母泡的茶，轻声问道。

女人点了点头。

当肖音音走到门口的时候，就闻到一种很奇怪的味道。她推门望去，房间很整齐，于是走了进去。当她走到衣柜旁边的时候，感觉背后有一双目光盯着她，令她背脊发凉，她猛地回头，赫然看到几节带着血丝的断指，泡在一个玻璃缸里，而指尖恰好正对着她。

肖音音感到呼吸都要停止了，她后退了一步，靠在墙上。但是，背后的墙却出奇地冰冷，似乎还传来某种声音，那是气泡的声音。当肖音音想到"气泡"的时候，疯了般跳起来。

背后还是一个玻璃缸，不同的是，里面装的是一个肝脏。

书架后面竟然摆着很多个人体器官，那些泡在福尔马林里的器官像是咧着嘴对她狞笑，她步步后退，心跳剧烈地加速，然后猛地转身，拼命要跑，却撞在一个软软的身体上。

她感觉自己要死掉了，这时，却传来一个很慈祥的声音："你不必害怕，余他就是喜欢这些玩意，他有收藏器官的爱好，有动物的，也有人的。"

肖音音感觉喉咙发涩："人的？他是怎么弄到的？"

女人的神情有点诡异，那涂着口红的嘴唇像血红的肉虫一样蠕动："为了得到这些，他在清洁公司打了几个月的工。"

"清洁公司？"肖音音感觉自己的声音像变了形一样怪异。

"唔，是的，就是处理一些车祸或某些自杀现场的尸体。"

肖音感觉自己的心脏快要从胸腔里蹦出来了，呼吸也变得极为急促，她赶紧从包里拿出几片药就往口中塞，忙说："对不起，伯母，我先走了。"

当她走出这房子的时候，她趴在墙上呕吐，一边呕，一直想着余母奇怪的装束与妆容，还有那低沉的声音。

她突然意识到，"她"根本不是个女人，是男人！

4

顾东坐在一家西餐厅里，对面是一个戴着墨镜的女人，长发披肩，看不清容貌，但粗看上去，是一个很性感很漂亮的女人。他们看起来很亲密，像是一对热恋中的情人。

距离他们三张桌的位置，一个穿黑衣服的男人不动声色地观察着他们。

当肖音音拿着私家侦探递给她的照片时，浑身发抖，那是顾东与一个女人的合照。顾东竟然在她未死之前就背叛于她，这是她最为痛心的。而照片上的女人，竟然跟她很像很像。不，确切地说，跟她病前很像。那时，她那么健康漂亮，又那么聪明能干，是 IT 界名噪一时的女总裁，顾东也爱她爱得发疯，但为什么一切都变了呢？

可他为什么找了个这么像她的女人，这个女人又是谁？肖音音突然感觉这里面有着可怕的阴谋。她突然想起那天去探访余他的家，余他那怪异的母亲，还有那些泡在福尔马林里的器官，让她每次想起都会浑身颤抖。

她随手拿起身边的一本杂志，里面有她光彩照人的照片。是的，她四年前就是 IT 界的宠儿，但谁都不知道她患上心脏瓣膜性疾病，不得不动换心手术，然后在家休养半年。但是，她每时每刻都想着自己公司里的事情，有时候还是照样工作。

换心之后，她觉得一切都变得怪异起来，她不知道是不是肌体排斥的原因，还是真的受到了心脏主人的性格影响。

她用手支着头，打开电脑，想处理邮箱文件，但却没法专注起来，可能是吃了药的原因，人开始犯困。

模糊间，她看到顾东向她走来，像往日那样微笑，目光那么温柔，然后挽着她走。她不知道那是什么地方，她被带到了一个岩洞一样的地方，

STORY 故事01 替身

上面有水一滴滴地往下滴落，打在她身上，借着微弱的光，她发现那水滴竟然是红色的，再向上，她看到上面挂着的全是心脏。她尖叫着按住心口奔跑着，却感觉不到自己的心跳。这时顾东不知从哪里出来，手里拿着一面很大的镜子，他说看看你的心。她缓缓解开衣服，她的胸口突然裂开了很大的缝，里面，竟然空空如也！

她猛地被开门声惊醒，不禁摸了摸胸口，那里还有序地跳动着。顾东很惊讶地看着她："你怎么了，怎么睡在这里，好好在床上躺着吧。"

肖音音幽幽地说："顾东，你是不是不爱我了？"

顾东愣了一下："瞎说，别胡思乱想了，对了，我今天找到了余他以前的女朋友。"

"余他的女朋友？"

"是的，奇怪的是，她长得跟你很像，你们真有缘。"

"是吗？"肖音音淡淡地说，"那么，你们聊了些什么？"

"我知道余他自杀的原因了，他们相恋了好几年，但余他的母亲一直反对，他女朋友终于疲倦，然后找了个条件比他好的人嫁掉，余他在她结婚的前一天自杀的。"

"噢，那么，她结婚了没？"

顾东摇了摇头："没有，毕竟她还是爱他的，现在她还是单身一人。"

肖音音用一种奇怪的眼神看着他："你不会爱上她吧？"

顾东呆了一下，然后嘿嘿地笑："这怎么可能，我有这么随便吗？还有，谁能比得上我家肖音音美女呢。行了，你吃了药该去睡觉了。"

她点了点头，然后去了寝室，而顾东在她起身的位置上坐了下来。

当顾东在她的身边躺下的时候，她并没有睡着。

"顾东，我可不可以见那个女子，我想跟她谈谈。"

顾东的脸色有点变了："等你身体好点再说吧，我不想你情绪上有什么波动。"

肖音音不再说话，但知道自己的心意已决。

5

早上醒来的时候，肖音音感到心口很痛，并且肢体总有着不适的反应，她知道自己活不久了。但是，她对那家医院与吴医生产生了怀疑。是的，她的手术是秘密进行的，对外界是封锁消息的，因而在一定的程度上，会造成某些弊端。

她决定去另一家医院作全面的检查，当她开着那辆宝马 3X 出来的时候，后面已有一辆车跟着她。

而检查的结果，令她差点停止呼吸，她所植入的心脏根本不是人的心脏，而是另一种动物的。阴谋，彻底的阴谋。这时，有两个男人走近她的身边，用手帕捂住了她，她感觉一阵眩晕，然后失去了知觉。

等她醒来的时候，发现自己坐在一个似曾相识的房间里，房间里充满着福尔马林的味道，四处摆满了透明的玻璃缸，缸里面是动物的肝脏，她突然想起，这应该是余他的房间。是的，一伙的，全是一伙的，包括所谓余他的母亲。

然后她看到了吴医生与顾东，她虚弱地说："这到底是怎么回事，你给我换的是什么动物的心脏，为什么要这样对我？"

吴医生的笑容很阴冷："我喜欢做实验，各种各样的实验，但是，常常被人当作怪物，他们甚至唾弃我。放心，给你的比这里任何一个标本都要新鲜，是一只体重、血型非常接近你身体的猩猩心脏。顾东找到我时，对我说施展身手的机会来了，还给了我大笔的钱。他已经受不了你病弱的身体，受不了每天像保姆一样地照顾你，他已经不爱你了，他想让你尽快消失。"

肖音音突然明白，为什么手术那天，那些口罩后面的面孔看起来都那么令人寒冷，但她也没多想，她对顾东太信任了。

"为什么，我感觉我的心是一颗受伤的男人的心呢？"肖音音不解地问道。

吴医生突然哈哈大笑："很简单，给你治疗的时候，我给你催过眠，让你感觉自己跳动的那颗心，是某个男人的，一个为爱心碎的男人。"

"你是说，那个男人并不存在？"

"不，事件倒是真实的，那颗心也是给你准备的，现在，它就在那里。"他指了指其中一个玻璃缸，又一次大笑。

肖音音的脸色变得更加惨白："告诉我，这样做的目的？"

"那就要问问你最爱的顾东了。"

肖音音愤怒的目光转向顾东，而顾东转开了视线："对不起，我爱上了别人，一个更适合我的人。"

"所以，当我提出要见她的时候，你终于下决心让我早点结束，以免夜长梦多，是吧？"肖音音冷笑道。

"亲爱的，我不想让你更难过，因为，你如果见到她，真的会受刺激。但是，我真的想早点结束，所以……"顾东顿了顿，别过头叫道："我的宝贝，你现在可以出现了。"

"亲爱的，我来啦。"

只见一个戴着墨镜的女子款款地走进房间，而她走路的姿势，那神态，以及说话的声音，竟然跟肖音音那么像，当她摘掉眼镜的时候，肖音音感觉自己呼吸急促，像是乱箭穿心，心脏似乎要爆出，她跟自己完全一模一样。

她突然明白，为什么这两年来总感觉有一双眼睛无时无刻不在盯着她，是的，她一直被监视，被模仿。

"你身体这么差，迟早会出事的，而且，我也已经厌倦你了，而换了心的人一般也活不了多久，多少会有排斥反应，何况还是动物的，与其这样，不如你早点离开这个世界。这样，她就可以完全取代你，驰骋商场。"顾东说。

听到取代两字时，肖音音突然就倒了下来。

6

"肖音音"看着镜子里的自己，嘴角挂着一丝满意的诡笑。

是的，这两年来，她一直模仿着那个女人，不停地接受整容，学着她的习惯爱好，她已经不再是她自己了，也不再是顾东的秘密情人，他们终于可以光明正大地在一起了。而如顾东所愿，将肖音音的公司转至顾东的名下，他们努力了这么久，她有什么理由不去相信顾东呢。

而她，也便是肖音音了，一个在 IT 业的美女精英，享受着至高的荣誉与赞赏，被媒体吹捧。但是，这是秘密，没人知道，这里藏着另一个女人的身体。

被顾东选中的时候，她赔上自己的身体。是的，她想得到的会不择手段。但是，她却没想到另外一个比她更年轻更优秀的女子已经成了媒体的新宠。

她站在时代广场的电梯上，给顾东打电话，捏着鼻子娇滴滴地说："能不能过来陪我买衣服，我看中了几件很漂亮的裙子。"

顾东说："我很忙，没空。"

她呆了一下，这时她听到耳边响起了很熟悉的声音，原来顾东挽着另一个很年轻，身材火辣的女人，而身后，跟着大帮的媒体，又是话筒又是拍照。她拦下了其中的一个记者："这是怎么一回事？"

那记者看了她一眼，笑嘻嘻地说："你是肖音音吧，你不知道那个年轻女孩现在可厉害了，前景不可估量，现在，媒体的眼里只有她了，我要走了，喂，等等我。"

　　"肖音音"刹那间感觉五雷轰顶，原来不管她成了谁的替身，都抵不住人们的喜新厌旧与追求新奇的刺激。

　　她原来不过是一个小小的替身。

STORY 故事02 诡发玫瑰香

　　小柔头上光亮亮的，没有一根头发，而浴缸之上，一团黑糊糊的头发，海藻一样地漫延开来。

女人与猫，旧公寓或古城堡，这是一些哥特小说里经常出现的名词。

现在，我穿过布满蜘蛛网的旧公寓的黑暗楼道，那楼道的灯有好的，也有坏的，好的能看到灰黄的灯泡上粘满着尘埃与飞虫的尸体，一路上来，实实在在地站在女人与猫的面前。

女人叫阿莲，头发很长，长至足踝，乌黑亮丽，随意地扎成一条很长的发辫，挂在脑后。这是我第一次见到这么长这么美的头发，比小柔的头发还美。这令我更像是进入了故事里的角色，长头发的女人，黑色的猫，陌生男人，楼道灰暗的旧公寓。

我看着阿莲说："都说猫有九条命，这只猫摔下楼还摔不死真是命大。"

她怜爱地抚摸着那只猫，用极为感激的眼神看着我："真谢谢你了。"然后对着那只猫轻声细语："小乖乖，你怎么这么不小心从窗户掉下去呢。"

我看了看她的窗户，是紧闭着的，又看了看女人，女人的样子很苍白，久不见阳光那种特有的苍白。

"下次一定不会出现这事了，我怎么感谢你？哦，对了，我煮了莲子银耳汤，煮得多了，一起喝吧。"她笑着说。

我忙摆手拒绝，并要告辞，但是，她已经端过来了，眼神里满是寂寞："别这样，已经很久没人陪我一起吃东西了。"

此刻，我无法再拒绝了，我不想伤她的心，况且，那味道闻起来那么清香诱人，于是我便接了过来，我边吃边好奇地问："你头发怎么能这么长，长了几年了？"

她笑着说："三四年没有剪过了。他喜欢长发，从认识他那一刻起，我就决定为他蓄发，后来，就一直没有再剪过了。"

她的脸在我面前突然恍惚了起来，显得更加娇艳动人，她的声音缥缈而悦耳，她抚摸着我的脸，柔柔地说："你知道吗？我那么爱他，他却喜欢上另一个女子，那女子有着海藻般的长发，她还喜欢唱歌，在他的心目中，她那么完美。你不知道我有多难过。"

我感到浑身燥热，而她已经迎了上来，我心里分明装着另外一个女人，但是，我却拒绝不了这个妖魅的女人。

2

当我醒来的时候，已经是第二天的清晨，当我看到自己怀里还躺着一个女子，猛地醒悟过来。我穿好衣服，冲了出去，心里满是悔意，我怎么可以这样对不起小柔，怎么可以这么坏。

跑到家，看到小柔抱着抱枕和衣蜷着身子半躺在沙发上，像是等了我一夜。也许是心虚的缘故，感觉小柔看我的眼神有点奇怪，像是一眼就能看穿我的五脏六腑。

"你去哪里了，怎么现在才回来，我打了那么久的手机都不通。"

我避开她的眼神，说："在同事那里喝多了就睡着了，我去洗个澡再去上班。"

"等一下。"她的脸凑了过来，仔细地盯着我的脖子，然后递给我一面镜子，就抓了包出去了。

我看着镜子里的自己，脖子上的唇印与齿印是那么明显，恍惚间脑子里一片空白，我疯狂地跑出去大叫："小柔，你听我说。"

但是，哪里还有她的身影。

难道我们好不容易建立起来的感情就这样毁于一旦吗，我不甘心，我给她打电话，但是她不接，我给她发短信，也没回。

我的生活突然因为一场艳遇变得面目全非，这一天上班也上得心不在焉，下班回家，手机响起时，我赶紧接了起来："小柔你听我说……"

但是对方是男声，是我屡次爽约的刑警朋友小高。

"你们是不是又吵架了，对女人要细心点，我晚上有行动，不能跟你们一起吃饭了。"

我这才想起来我们前几天约好了一起吃日本料理的，此刻，我也没心情了。

他继续说："昨天晚上发现了一具女尸，头发没了，很恐怖，这是第三起了，唉，叫你的女人也小心点，因为这三起案件的共同点是她们都很年轻，并有一头柔顺的长发。我办事了，不说了。"说完他匆匆挂了电话，我赶紧打开电视，现场就如他所说的那样异常恐怖。

这令我对小柔的处境担忧起来，于是给她家里打电话，她妈妈接的，我叫她们晚上不要轻易出去。而此时，我的脑子突然浮现了那个头发更美的女人阿莲，是的，我甚至没在她的房间里发现电视机，这个与世隔绝的女人。

我对这个只有一夜之情的女人竟然有着莫名其妙的挂念，摸着脖子上的齿印，仿佛昨晚的激情还在。

这令我鬼使神差地想找阿莲，是的，通知她晚上不要轻易出门，不管怎么样，她是个令人难忘又寂寞的女子。

3

再一次来到这幢旧公寓，发现阿莲伫立在窗前，眼神有着哀伤，但是，头发看起来似乎更长了。

她看着我，神色黯然地说："我以为你再也不会来找我了。"

我讪讪地笑："没别的事，我来是想告诉你，最近外面比较乱，晚上最好别出门。"

她点了点头："据说几个女子被杀了，而且头发也不见了，是不是真的？"

"是的，可能是连环杀手，现在弄得人心惶惶的，你小心点，我要走了。"说完我起身离开。

这时外面的风声很大，大风吹开了一扇没关紧的窗，那只有跳楼爱好的黑猫尖叫了一声，又突然从窗口跳了出去，阿莲惊呼着，然后跑下了楼。我正想跟她一起下楼，但因为开着窗，屋内也刮起了大风，我看到一绺长发在空中飘飞着，我的目光有点凝滞。

我抓住了那小绺长发，想起阿莲说过，她是只蓄不剪的，那么，这一束平整的头发哪里来的？

此时门口传来了脚步声，我赶紧把那头发丢在角落里，只见阿莲抱着那只猫，似乎要哭出来了："这次不知道它会不会好起来，真搞不懂，它怎么会这么爱跳楼。喂，小乖乖，难道我对你不好吗？"

"它纵然想说话也没法跟你沟通，这样吧，先找个宠物医院看一下，我看这次比上次惨多了。"

"那好，你先帮我抱着它，我换套衣服再出门。"

此时，我的视线又落在了那小绺长发之上，有种心慌的感觉，我在客厅里拼命地翻着东西，希望能找到什么。这时我找到了一本相册，里面都是她的照片，从小到大，此时，我的目光停留在一张奇异的照片之上，但这照片看上去时间应该并不久，背景毫无疑问是医院，而照片里的阿莲，竟然是稀疏的短发，而且头发掉得差不多秃掉了。旁边还贴着一张纸片，"2009 年 12 月 3 日，我在化疗期间，为自己加油，一定会好的"。

她不是说长了三四年吗？为什么要撒谎，就算她完全痊愈了，从那时开始到现在，也只有两年，而且两年的时间，怎么可能会长出这么长这么茂盛的头发？此时，听到她的脚步声，我赶紧把相册放回原处抱起猫儿。

我们直奔宠物医院，到了那里，当阿莲把猫向医生递过去的时候，我注意到她露出来的胳膊有着抓伤。

医生开了些药说："受了内伤，要多让它休息，不要让它动，目前没什么大碍。"

出来后，我忍不住地问："阿莲，你胳膊上的伤痕是怎么回事？"

她的神情闪过一丝慌乱："没什么，让猫抓伤了，没事的，涂点药水就好，这猫因为在车里被我妹妹甩了出去，受到了惊吓，所以有点古怪，但它毕竟跟了我这么多年了，也只有它，自始至终一直陪着我……"

我没心听她继续说下去，只是喃喃地说，又像是在自言自语："阿莲，你会唱《玫瑰香》吗？"

她奇怪地看着我，摇摇头："没听过，怎么了，我很多年没听歌了，而且我五音不全的。"

"那么，我们昨天真的发生过什么，是吗？"

她深情地看着我："你知不知道，你是个很好的男人。"

我面红耳赤，想起昨天恍惚间，确实是那么激情荡漾。把她送到家后，我就告辞了。

走在路上，我想起阿莲房间里的那绺长发，想起那张没有头发的照片，还有那只古怪的猫，与她胳膊的伤，感到十分的不安。特别是想起她那头茂盛得诡异的长发，实在是令我莫名地心慌。

我想，我应该远离这个女人，结束这场艳遇。

4

在我百般纠缠与讨好之下，小柔终于还是原谅了我。我们又重新生活在一起，而每次我看到她那头海藻般的秀发，总会想起阿莲，这种感觉就像小虫一样啃噬着我的心，竟然有一种万箭穿心的感觉。我猛地害怕了起来，难道我爱上了阿莲？

或者，我不应该把她想得那么可怕，把她跟那杀人连环案想象在一起。因为那天，她确实跟我在一起，而且就在那起凶杀案发生的同一时间。我没理由那么神经兮兮地怀疑她，是的，一个弱女子而已。这么一想，我更加怀念起阿莲来。

那天，我在家陪小柔看电视，手机响起，竟然是阿莲打来的，她气喘吁吁地说："赵勇，我的猫被人害死了，我有重要的事告诉你，你能不能过来？"

此时，小柔的眼睛白多黑少，不满地问道："谁啊，是不是那个贱女人？"

"工作上的事明天再谈吧，我在休息，再见。"我忙朝小柔摇手，挂了电话。

那一晚，我心绪不宁，一直没睡着，到了后半夜，迷迷糊糊地睡了过去，梦到自己加班回来，发现小柔竟然死在沙发之上，头发全没了，说不出的恐怖。但我随即被一阵歌声揪住了心，那是一个女子的哼唱声："花，有情才香，爱过了会再想，鱼嗜水之欢，不清楚谁能够原谅，幸福也受伤，快乐叫人盲……"

这是林忆莲的《玫瑰香》。

我缓缓走进了发出歌声的那个房间，那是我的卧室。只见一个女子背对着我，她的头发又黑又长，但她的手里拿着一小束一小束的头发，她很

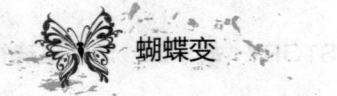

专心致志地把它们接在自己的头发之上。

那一刻，我感觉呼吸都快要停止了，颤着声问："你是谁，是不是你杀了小柔？"她停止了唱歌，头缓缓地转了过来，我看清了阿莲的脸。

我猛地惊醒过来，发现这是一个梦。这段时间，小城里的人都人心惶惶的，网上传闻，凶手在杀人之前都会唱那段《玫瑰香》，我想会不会跟这个有关，才会做这么古怪的梦。

此时，看看时间，凌晨一点，摸摸身边，小柔竟然不在我身边，想起梦里的情景，我不禁冒了一身冷汗。

我穿好外套，给刑警队的好友小高打了个电话："帮我查一下郑小莲的档案，还有，小柔好像失踪了。"

"郑小莲？是不是茉莉旧公寓的那个？"

"是啊。"

"她曾涉嫌到几个案件，她的旧情人以及那几个长发姑娘之死，但是，都因为她有不在场的证人。"

"不在场证人？"

"是啊，因为都有一夜情的男人为她作证。"

我感觉到脑子"轰"的一声响，一夜情？我想起了那碗莲子汤，我喝了后就晕乎乎的，可能是发生了点什么。但是，她完全可以在这个时间里杀人，还有那绺头发，她身上的伤，天啊，我早应该想到。

我说："快，马上帮我一起找小柔。"

我们疯狂地跑遍大街小巷，去一切小柔可能去的地方，在一个巷口，我们看到两个扭打的身影，忙冲了过去，只见阿莲手里拿着一把匕首，在夜光下闪耀，小高拨出了枪，一枪把她击毙，而小柔浑身颤抖，扑进我的怀里。

5

　　这起骇人听闻的连环案终于告一段落了，阿莲因为化疗的缘故头发掉光，情人弃她而去，喜欢上了一个有一头秀发的女子。她恨极之下，不但杀了那个男人，还移恨于所有长发女子，杀了她们后，剪下她们的头发，然后把头发接起来，这样才会越来越长。

　　而我更加爱小柔了，我差点失去了她，这令我更加珍惜这来之不易的感情，当我向她求婚的时候，她羞涩地点了头。

　　洞房那天，小柔亲了亲我，调皮地说："我去洗个澡，在床上等我。"

　　"别洗得太久啦，我会很急的。"

　　我关掉了电视，准备好好休息，但是某种歌声却令我有种魔鬼附身的感觉："花有情才香，开过一样芬芳，贪婪的欲望，醒来的人不知去向，鱼嗜水之欢，不清楚谁能够原谅，花有情才香，开过一样芬芳，贪婪的欲望，醒来的人不知去向……"

　　分明是那首《玫瑰香》，我贴近了那扇充满了水雾的玻璃门，只见小柔头上光亮亮的，没有一根头发，而浴缸之上，一团黑糊糊的头发，海藻一样地蔓延开来。

　　那一刻，极度的恐惧竟然令我双腿发麻，无法走动。此时，小柔推开浴室的门，手里拿着一捆头发，她轻柔地声音似乎在说着情话，却字字冷而残酷："亲爱的，你知道吗，本来，我是不想让她死的，因为，她是我的表姐，化疗的人是我，那张照片也是我的，是她帮我拍的，我经过了人像模糊处理，所以，即像她又像我。那猫是我弄死的，我讨厌它，我还经常在她家里故意放些东西，还有你知道吗，我有多么嫉妒她的头发，我曾经抢走了她的男人，但很快就厌倦他，杀了他，对于一个死过一次的人，什么事都干得出来。这样也罢了，最重要的是，她知道了我的秘密，我不会让她有机会说出来的，当我想杀掉她的时候，你们的出现让我把刀子塞到了她的手里，唉，可怜的姐姐。"

她冰冷的手指划过我的脸颊："现在，我已经厌倦你了。"

此时，我的胸部突然一阵疼痛，而我的手里，却不知几时多了一把匕首。

我意识有点模糊了，但还是能听到很多人闯了进来，我以为自己或许会得救，但是，来不及了……

隐约中，我仿佛听到有声音在唱着："花，有情才香，开过一样芬芳，贪婪的欲望，醒来的人不知去向……"

STORY 故事03 面具

　　陈姐手上拿着一把明晃晃的刀子，而孟俊强行按住肖静，极度地恐惧慢慢占据了肖静的胸腔，她发出所有的力气，大叫起来："不……"

1

加班回来的路上，肖静走着走着就迷路了。

这是她第一天来这家公司上班，这条路对她来说还不是很熟悉，她想她应该勉强记得回去的路，只是走了很久，却发现一切都不一样了，难道自己错过了某个拐角？

或者是天气潮湿的原因，四周漫起了雾，很快，肖静就看不清道路了，她心里有点恐慌。这时，她发现自己来到一个店门口，像是小酒馆，周围也出现了两个人，他们逛了进去，她想，反正都找不到路了，进去先坐坐也好。

里面的灯光很昏暗，有些男女走来走去。但是，进去后，她就害怕了，因为那些人全是一模一样的面孔，不管是男人还是女人，脸都很白很白，没有一点表情。她心里突然冒出一个词——面具。

当她不顾一切冲出去的时候，衣服被其中两个女人紧紧地攥住，那两个女人张牙舞爪地靠近她，那两张惨白的脸越来越近，在贴近她的时候，突然就掀开了面具。

肖静"哇"的一声尖叫，从睡梦中惊醒过来，全身都是冷汗，面具后面，是怎样的一张脸？一想起来她就全身发抖。还好，那不过是个梦，她感到很渴，而梦里的情景又是那么清晰，犹豫了一会儿，她还是起身去倒水，然后去卫生间。

在卫生间，她看到镜子里的那张脸，是那么白。她下意识地揉了一下自己的脸，还好，没揉出什么东西。随即，她被自己的想法吓了一跳，自己是不是被刚才那个梦吓疯了，怎么会有这样的想法？但是，她今天的皮肤真的很白，白得没有一点瑕疵，连小时候额头上留下的小疤也不见了，本来脸上还有痘印的，现在却什么都没了。

　　她想起自己睡前用的那张美容面具，难道都是它的功效？这么神奇？她在柜子上，重新拿起那张面具，上面依旧散发着刺鼻的味道。说真的，味道实在不好闻。但孟俊说这是他按祖上传的秘方制成的，可以治疗皮肤的一切瑕疵，还可以多次反复使用。孟俊是最近追求她的男人。

　　肖静看着这张面具，触觉有点怪，她想可能是效果太好的缘故，她才会做这么怪异的梦，想到这里，她又安心地去睡了，

2

　　第二天醒来，肖静又仔细地照了一下镜子，发现自己真的漂亮了很多，于是她给孟俊打电话："你的面具真的好神奇。"

　　孟俊没有立即说话，沉默了一会儿说："效果怎么样？"声音有点怪。

　　"很好啊，下班后我去找你，看到我你就知道你自己有多伟大了，亲爱的，先这样，我做事了。"

　　这一天，肖静照了很多次镜子，公司的人都差点认不出她了，一天没见变化这么大，像换了张脸似的。

　　下班后，孟俊来接她，他目不转睛地盯着她的脸，说："效果不错，你更美了。"

　　"谢谢你。"肖静有点脸红了。

　　"今天去我家吧，我买了些菜放在后备箱，来尝尝我的厨艺。"孟俊笑了。

　　"你还会烧菜？"肖静惊喜地看着他。

"我以前还在餐馆里做过厨师呢，你信不信？"孟俊点了点头。

肖静眨了眨眼，俏皮地说："吃了才能相信。"

这是孟俊第一次带肖静回他的家。他们进了一个很老的住宅区，肖静第一次知道，这个城里还有这么一个古旧的地方。她跟在孟俊后面，心里有点疑惑，一个开着别克的男人怎么住在这么老旧的地方。

孟俊像是了解她的心思，自言自语地说："这里很安静，周围也没有喧杂的声音，而且，这房子是我父母留下的。"

肖静有点好奇地问："那么你父母呢？"

他语气里有点心神不定："他们在我十几岁的时候就病逝了。"

"病逝？"

"唔，是一种传染病。"

传染病，那个时代会有什么样的传染病？本来肖静想继续问下去的，但很明显，孟俊很不想提这个话题，他说："楼道有点黑，三楼灯又坏了，我还没装上去，你把手给我，小心点走。"

肖静看着这个黑糊糊的楼道还真有点怕了，现在外面还有点亮，这里却完全是黑的，空气里有种霉味，四周黑糊糊的，像是有很多肮脏的东西或蜘蛛网，仿佛随时都会从她的脚底下蹿出几只老鼠来，她不禁紧紧抓住了孟俊的手，眼睛却四处张望。

走到三楼的时候，她感觉到一股莫名的力量让她情不自禁地向下看，当她向下俯视的时候，感觉全身的血液似乎都要凝固了。那里分明站着一个人，仿佛悬空在楼道中间，那么白的脸，致使在黑暗中，看起来更加触目惊心。她浑身颤抖着，说不出话，脚也不能动了。

"你怎么了？"孟俊感觉到她的不对劲，关切地问道。

"半空中好像有个人。"肖静使劲吞下了口水，惊恐地说道。

孟俊打开了手机，用手机的光照了照："没有啊。"

肖静揉了揉眼睛，怀着极度的恐惧往那边望去，但那里什么都没有。

"别怕，有我呢，你可能产生幻觉了，下次我一定把灯装起来，这次出去忘记买灯泡了。"

孟俊的房间在四楼，这是一幢很旧的公寓，看上去似乎没什么人迹。在孟俊摸钥匙的时候，她看了看周围。

"这幢楼有多少人住在这里？"正说这话的时候，她转了下头，却发现那里悄无声息地站着一个人，几乎碰到她的脸了，她不禁尖叫起来。

孟俊叹了口气："肖静，你会吓死我的，她是我的邻居，陈姐。"

肖静这才仔细地打量了陈姐一番，只见她穿着一件暗紫色的睡袍，头发披散，目光很冷漠又有点呆滞，看上去，三十五岁左右，但年轻的时候，应该是个美人。

"陈姐好。"肖静忙讨好地向她打招呼。

但这个陈姐却冷冷地看着她，对她"哼"了声，然后进了隔壁，把门关上。

肖静觉得很尴尬，孟俊把她拉了进来，低声对她说："自从她丈夫死了后，她神经就有点失常了，别放在心上。"

"她丈夫怎么死的，能说说吗？"此时，肖静已跟着孟俊到了厨房，一起洗着菜。

"还是别说了，说了等下你吃不下东西。"

"究竟怎么死的？几时的事？"肖静更加好奇了。

"五年前，被人杀死的，尸体就在垃圾场里找到的。"肖静手上的盘子"啪"地一声就掉地上了。

"你怎么了？"

"没什么，太可怕了。"肖静掩饰着自己紧张的心情，她不再说话。她感觉一切都那么不对劲。细细想来，自从走进这个老住宅区，她的心一刻都没宁静过，那黑暗的楼道，空中的人影，还有隔壁那个神经质女人，这一切都是那么诡异，让她突然觉得自己不应该来这个地方。

孟俊的菜烧得很好吃，果然厨技一流，而他深情的目光总会有意无意地落在她的脸上，他说："肖静，你真美。"

他的唇落了下来，肖静深情地回吻着。当她的目光无意中透过窗户，看到对面的阳台上，那个陈姐目光呆呆地盯着她。

3

肖静发现自己每天都必须使用美容面具，一天不用就觉得脸上难受，两天不用就会发痒，甚至会出现小小的红点，只要一戴上它，什么症状都会消失，而且变得洁白光滑。越是这样，她越觉得害怕，难道它含有过量的激素或其他化学成分？让她这么依赖这张面具。

这天，她下班回来发现那张面具不见了，她急了，赶紧跑去问老妈。

"妈，你有没看到我的美容面具，放在卫生间柜子上面的。"

"你不是用过了嘛，我把它给扔了。"

"啊？你把它扔哪了？"

"倒进外面的垃圾筒了……"妈妈的话还没说完，肖静就冲了出去。

看着女儿的背影，肖静的妈妈觉得女儿最近很怪，包括容貌上的变化，感觉像一个陌生人。

肖静极为沮丧地空手而回，发了很长时间的呆。又想，没了也好，就算没有现在漂亮，至少心里不那么恐惧。

第一天还好，第二天，她脸上出现了红色小斑，第三天醒来，肖静吓了一跳，脸上居然有点溃烂的迹象，而孟俊这几天都关机，根本联系不到。她马上给公司打了个电话请假，然后戴了个大墨镜，直奔孟俊的住处，她想，他不可能不回家吧。

出租车上，司机放着新闻，说本城有几个少女用了神秘的美容面具后，导致毁容后失踪，她全身颤抖了起来，想起孟俊对她的好，她喃喃自语："孟俊不会害我的。"

司机把她送到老住宅区，给她找钱的时候，目光盯住了她的脸问："你的脸怎么了？"

她慌乱地摇了摇头："没什么。"然后逃似的跑向那幢楼。

到了三楼的时候，一楼与二楼的灯相继都暗了，她的内心有着无以名状的恐怖，甚至感觉到那个悬空的人正死死地盯着她，她不敢回头看，借着手机的光，飞似的跑上去。

电铃看样子是坏的，她在门口叫了几声孟俊，不见回音，敲了敲门，门却无声地开了。里面没有任何人，她想或许这房子里还有那样的面具，于是她四处找了起来。在孟俊的房间里，她找到了一个相框，里面是孟俊与一个女人的合照，看上去极为亲昵，当她仔细看那个女人，感觉全身的血液都凝固了，那分明是陈姐。虽然，照片里的她看上去年轻漂亮得多。

她越来越觉得事情并非她想的这么简单，而且会有更可怕的事情在等着她。在一个紧闭的房间里，她停住了。因为，有一种强烈的臭味，令她觉得难受，但有一种更强烈的欲望令她想去一探究竟。

房门紧锁，她想起刚在孟俊房间的抽屉里看到过一串钥匙，于是便去拿了过来，门打开的时候，那股刺鼻的古怪气味令她作呕。但更令她惊愕的却是她所看到的，只见那个房间的墙壁上，血迹斑斑地挂着一些面具，跟她用的一模一样，她开始狂呕吐，潜意识告诉她，她必须马上离开这里。

当她转身想跑的时候，赫然发现背后站着一个穿紫色睡袍的女人——陈姐。她的目光没有上次的那种呆滞感，看上去也年轻多了，她似笑非笑地看着肖静，然后，伸出了手，向肖静靠近："我要你的脸。"

肖静吓坏了，她一把推开了这个疯女人，却撞上了另一个人，但当她发现自己撞上的人竟然是孟俊时，一下子就晕了过去。

4

肖静被冷水泼醒了，她睁开眼睛，看到两张扭曲的脸，不用看她也知道是孟俊与那个所谓的陈姐。而她被绑在一张椅子上，动弹不得。

而陈姐所谓的丈夫之死，有部分应该是编的，因为她托警局里的同学查了五年前的案件，死亡案件很多，但陈姐丈夫这宗却没有查到。她开始后悔，她应该把这段时间发生的诡异事情告诉同学，或许他可以帮她。

她拼命地喊着救命，他们却相视而笑："你叫吧，叫哑了也没用，整幢楼只住着我们两个人，而且这个房间的窗也封掉了。"

肖静挣扎着："你们到底想干什么？"

孟俊摸了摸她的脸："宝贝，你的脸又好了，我刚给你戴上了面具。"

他拿来一面镜子给她，肖静看着镜子里的自己，真的又变漂亮了，皮肤如羊脂玉般光滑白嫩。但是，一想起她刚才又用了这种可怕的面具，她哆嗦了一下，她觉得全身发冷，牙齿都在打着战："这种面具到底是什么东西？"

孟俊摊开手，在这个房间转了一圈："其实，不用我说，你也应该看明白了，所谓的面具，是少女的血加工的，然后再加上巫油调制而成，效果非同一般吧？"

肖静感觉自己快要崩溃了，歇斯底里地问道："你为什么要这么做？那些女孩呢，你把她们怎么了？"

孟俊突然哈哈大笑，他搂住了陈姐："我们好不容易在一起，为了我们的爱情，我杀了她的丈夫，她想要什么，我都会满足她，她在一本巫书里看到，少女的血加上一种神秘的物质，可以令人永远保持青春，于是，我潜心研究。或许你并不知道，在做厨师之前，我还是学校化学系的高才生，我把那些天真的少女勾到手，然后用她们的血作了面具里的材料，但这种面具最大的缺陷是，用了十几次后就差不多会吸走所有的精华，所以，必须要赶做新鲜的。我将用剩的给那些一心想更美的女孩做诱饵，想不到她们太容易上钩了，哈哈，你现在这张脸……"

肖静全身发颤：“你们想怎么样，那些女孩到底在哪里？"

“她们都在三楼睡觉，你现在明白三楼的灯为什么是坏的吧，嘿嘿，不过很快，你也要去陪她们了。"

陈姐手上拿着一把明晃晃的刀子，而孟俊强行按住肖静，极度地恐惧慢慢占据了肖静的胸腔，她发出所有的力气，大叫起来：“不……"

这时，却见门被人踹开了，进来了很多拿着枪的警察，其中还有那个出租车司机：“都别动，放下刀子。"

肖静感觉全身都瘫软了，动弹不得。

5

若不是出租车司机多了一个心眼，肖静这次可能难逃噩运。

肖静有点溃烂的脸，令出租车司机想起新闻里毁容少女失踪的诡异案件，而那些少女中，有一个是他的侄女。一想起侄女，他就心如刀割，他找了她很长时间，都没找到。而肖静也刚好是遭毁容的少女，他越想越不对劲，觉得中间一定有什么关系，于是便报了警。

现场很恐怖，在公寓的三楼里，他们找到了四具少女的尸体，包括司机的侄女。而肖静为什么在第一次来到三楼的时，会看到一个影子，她也说不清。可能是心里的恐惧造成的幻觉，这种第六感谁都说不清。

大家都没有说话，默默地处理现场。而肖静的皮肤对激素过敏，所以那种神秘的东西不过是激素罢了。治疗三个月后，肖静的皮肤基本上恢复到原来的状态了。

　　只是肖静知道，那段可怕的经历，在记忆里，就如噩梦一样，还不能轻易抹去。

当她冲进母亲的房间，却见母亲睡得像一个婴儿，地上有着一个安定片的空盒子，以及一张纸条：我走了，向你姐姐谢罪去。

1

　　罗纹纹因为衣着的事跟她的化妆师兼经济人、男友小他吵了起来，她独自甩手走了出去，打的去一个小湖边。

　　小湖边有一个秋千，每次心情不好的时候，她就会来到这里，坐在秋千上，白天看满眼的植物，晚上看满天的星星，荡着荡着心情就明朗了。

　　她想起以前，为了模特梦卑微地奋斗时，她跟同样做模特的小卡常常来到这小湖边，坐在秋千上，说着自己的梦想。

　　那时，梦想很远，像天上的星星，现在，梦想却变得很近，如树上的樱花，稍一努力，就会摘到它。当她们一步步迈出来的时候，曾经最好的朋友却成了竞争对手，因为出国参赛的名额只有一个。如果谁获得这个名额，就已成功了一半。在成功面前，谁都不肯低头，毕竟这是她们一生的梦想。

　　只是在决赛之前，小卡却暴毙了，死于一束美丽的蝴蝶兰，有人在蝴蝶兰上插着的小信封里放了剧毒。罗纹纹一边为好友的死痛惜，一边却感到柳暗花明。

　　小卡死了，就没人跟她抢这个名额了，因为其他人都不是她的对手。但她的内心也很不安，谁会在决赛之前杀死小卡，让她成了嫌疑人。难道有人为了让她出名而不择手段？罗纹纹打了个寒噤。

　　这个时候，湖边根本看不到人影，黑漆漆的一团，极度浓密的树木遮住了原本就昏黄的路灯，看起来树影重重。

　　罗纹纹总感觉有人在背后跟着，当她一回头，却只看到因风吹动而摇晃的树影。

她坐上秋千开始胡思乱想，一想到常常跟她坐在这里的小卡，如今已是阴阳两隔，也许此刻她不曾瞑目的魂魄在四处飘荡。想到这里，她的心就缩得很紧。

这天是阴天，看不到半颗星星，一切都显得阴冷与黑暗，只有灯光投入湖水，折射出微弱的光亮。朦胧中，她听到一个声音，那声音很缥缈也很熟悉，她以为是自己听错了，四处张望，却什么都没看到，只有风吹过树叶沙沙作响。她想，可能是自己这几天神经紧张，产生了幻觉。

当她平静下来吁一口气时，她又听到那个声音，此刻，她很清楚地听到，那声音很阴冷，仿佛来自地狱："罗纹纹，还我命来……"

不，那声音，那声音分明是小卡的声音，罗纹纹瞪大了眼睛，从秋千上滑了下来，惊恐地四处张望，只有树枝在晃荡。

她飞一般地奔跑着，她要逃离这个可怕的地方，但是，她还是听到有个声音在喊："罗纹纹，还我命来！"

当她的化妆师男友小他找到她的时候，她一下子扑倒在他的怀里："小卡出现了。"

2

罗纹纹在演艺厅楼下遇见小莫，被她怨恨的眼神吓了一跳。

罗纹纹明白这种怨恨的理由，小莫她们一直以为是她杀死小卡的，因为她与小卡除了有不相上下的美貌与才华之外，同时都是公司外派模特大赛的候选人，小卡一死，罗纹纹自然没了竞争对手，去参赛的名额非她莫属。

而小卡死于那束放了毒的蝴蝶兰，死前，罗纹纹见了她一面，对于送花人，小卡说什么都不愿意说出来，同时，她还要求罗纹纹为她保守这个保密。所以，罗纹纹不得不遵守小卡死前的请求。

罗纹纹看着小莫那高高昂着头的背影，叹了口气，几乎所有的人都以为是她害死了小卡，只是苦于找不到证据。

小他看着她说："别理她们，女人的嫉妒心作祟，自己没本事，看到别人要出头，就恨不得把别人给掐死。"

罗纹纹没有接话，只是依旧看着小莫的背影发呆，小他一把扯过她："快走吧，我们还有很多事要做呢。"

在电梯里遇见青兰的时候，她对罗纹纹惊呼："你怎么了，脸色这么难看，是不是身体不舒服？"

青兰与小莫是同事，也是候选人。

罗纹纹摇了摇头："没什么，昨晚可能着凉了，没事的。"

青兰握了握她的手："别忙坏了，女人要对自己好，我们对你都有信心。"

罗纹纹点了点头，于是两人去了化妆间，其实这次的境外选赛，罗纹纹可以说是稳操胜券，但形式上还是要举行，只不过小卡的死，始终是一个抹不去的阴影。

一想到小卡，罗纹纹就想起昨夜小湖边的遭遇，那声音真的太像小卡了，小卡分明死了，她还参加了出殡仪式，亲眼看到死去的小卡被送进了火葬场的火炉，难道……

她整个人都猛地一惊，小他的手就收不住了，口红从她的唇上一直划了下去，划到了脖子。罗纹纹惊恐地看着镜子中的自己，像是被人割开了下巴与脖子，鲜血淋淋，她脸色变得煞白。

小他被她的神情吓坏了，皱着眉头，边擦她脸上的口红边说："你怎么了？到底怎么回事，这么心神不宁，是不是又胡思乱想了？"

罗纹纹摇了摇头，努力控制住自己的情绪，说："我去一下卫生间。"

　　说完她就摇摇晃晃地出去了。而小他朝她喊："快去快回，演出马上就要开始了。"

　　罗纹纹除了受到精神上的惊吓，胃肠也感觉有点不适，她想可能是晚上吃了点海鲜的缘故，她本来对海鲜就有点过敏。

　　在卫生间的镜子里，她看到自己的脸，因为口红还抹不干净，看上去像是残留的血迹，想到这里，她感到冷。这时，一阵胃疼，容不得她多想，便进去方便。这个卫生间很大，被隔木板一个个地隔开。

　　果然是肠胃不好，竟然腹泻。罗纹纹的目光便移到右边的厕纸筒，白色的卫生纸直直地悬下来，罗纹纹的目光便顺着那卫生纸往上看。

　　罗纹纹的瞳孔猛然间放得很大，只见上面挂着一只景泰蓝的镯子，那是小卡的手镯。

　　那镯子是罗纹纹从西安回来带给她的，小卡极为喜欢，戴上去之后，罗纹纹就没看见她摘下来过。

　　罗纹纹跌跌撞撞地冲出了卫生间，目光呆滞，嘴里喃喃地叫着："小卡，蝴蝶兰，小卡，有毒……"

3

　　罗纹纹因为精神失常退出了比赛。

　　赛场上，小莫，青兰，还有另一个女孩小紫三人胜出，分别获得前三名。她们将会在下一场决赛中分出胜负，第一名将获得出国参赛的资格，决赛将在一个星期后举行。

　　罗纹纹被送进了精神病院，小他在短暂的失落之后，便开始接近小莫，因为小莫是这三个女孩中最具潜力的。

　　小莫对小他其实是不屑一顾的，但是，她需要他的帮助，至少他有足够的经验让她做得更好，罗纹纹就是在他的一路扶持之下才这么出色的。成功之后，她就可以远走高飞了。

"宝贝，罗纹纹的精神失常是你干的吧？"他边喘着气边问道。

小莫睨着眼，对他痴痴地笑："是我干的怎么样，不是我干的又怎么样，她杀死了小卡，理应去死，疯了还便宜她了。"小莫笑起来的样子真像一朵罂粟花。

4

青兰经过花店的时候，想带大束的花回家，今天她的心情特别好。

当她看到那种美丽的蝴蝶兰时，她呆了一下，因为那种颜色的蝴蝶兰跟杀死小卡的花一模一样！她在别的花店都没有看到过这种颜色，她小心翼翼地问店主："这种花别的地方都有吗？"

店主是个很有风韵的女人，她笑着说："这品种是从菲律宾进口的，这个城里可能找不到第二家店有这样的蝴蝶兰了。"

青兰失魂落魄地回到家，手里空空，什么都没买。花店离家很近，就在小区的门口。她母亲看她的眼神有点担心，自从她同父异母的姐姐小卡死了后，她一直没有笑过。

青兰看着母亲，眼神有点怪异，她说："姐姐小卡死了，你知道吧。"

母亲点了点头。

"那个害死她的人疯掉了，被我吓疯了。"

她母亲呆呆地看着她："你说什么？"

青兰得意洋洋地说："你还记得罗纹纹吗，那个以前跟姐姐很要好的女人，她为了取得出境参赛的名额，在花里放了毒，令姐姐丧了命，我要为姐姐报仇，谁敢害我姐姐，我就让她也死不瞑目。我装神弄鬼，把她给

吓疯了，这叫报应。'

母亲手里的碗掉了下来，脸色苍白："青兰，你不是很恨小卡吗？她在，你永远都处于她之下，没有出头之日，她遮住了你所有的光芒啊。"

青兰用一种很奇怪的眼神看着她："那只是气话啊，她是我亲姐姐，虽然不是你生的，但她永远是我的亲姐姐，我怎么可以真的恨她。"

母亲不再说话了，她给青兰盛了饭，然后默默地吃着。夜半的时候，青兰听到了哭声，那种拼命压抑却又难以自制的哭声，令青兰感到害怕。

但是，她最害怕的是自己做错了事，而另一种预感却要成为事实。

5

朦胧中，青兰听到手机响起，是另一个参赛模特小紫打来的。

她呼吸急促，语气甚为焦虑，充满着极度恐惧："小莫死了，跳楼死的，好可怕！天啊，是不是所有参赛的模特都会死？小卡死了，罗纹纹疯了，太可怕了，我不要。如果真这样，我宁可放弃出境决赛的资格。"

青兰吃惊地马上从床上坐了起来："你慢慢说，到底怎么回事？是谁害死了小莫？"

"是小他，小他被抓走了，他认定小莫把罗纹纹给逼疯了，于是给她报仇，把小莫给推下了楼。"放下了电话，青兰抓住了自己的头发狠命地撕扯，她不知道，事情竟然发展到这个地步。

当她跑到那里的时候，小莫已经被人抬走，地上只有一滩鲜红的血迹，那么触目惊心。她蹲下去抱头痛哭。哭够了，抹了抹眼睛，她看到那摊血上面投下一个很长的阴影，那绝不自己的阴影。

她抬起头，却看见母亲站在那里，目光呆滞，头发散乱，像一个游魂。她呆了呆，轻轻地叫了声："妈。"

但是，她母亲没有任何反应。这时，一阵风吹过来，青兰因为急急跑出来没穿上外套，她感觉全身是刺骨的冷，她声音发颤："妈，你怎么跑来了？你没事吧？"

她母亲这时才有点苏醒过来，她突然扑到女儿的怀里，哭了起来。

母亲哭着说："我对不起你们，小卡是我害死的，那花是我在门口的花店买的，我在花里放了小信封，那里面放着粉末状的剧毒，一靠近就容易吸进去，一吸进去，就会神经痉挛，呼吸困难，直至死去。从小到大，她都在你之上，都比你好，你们偏偏都要当模特，我只是想让你有机会出名。有她压着，你根本没有出头之日。只是想不到你们感情会这么好，更想不到现在会发生这么多事。"

青兰听得全身发冷，那种可怕的预感终于被证实了，自己的母亲杀死了姐姐！多么可怕的事实。她也明白了，为什么姐姐至死都不愿说出送花人的名字。

青兰努力让自己平静下来："妈，明天我陪你去自首，我们给别人一个交代，不能让悲剧继续发生下去。"

母亲扑进她的怀里，她们紧紧地拥抱着，青兰知道，这一切都已经无可挽回。

6

第二天早上，青兰醒来一看时间，都十一点多了，昨晚太累了又睡得太迟，所以睡过了头。想起今天还要陪母亲去自首的，便去了客厅与厨房，但都没有看到母亲的身影，她叫着妈，但是也没听到任何反应，她有一种很不好的预感。

当她冲进母亲的房间，却见母亲睡得像一个婴儿，地上有着一个安定片的空盒子，以及一张纸条：我走了，向你姐姐谢罪去了。

青兰扑向母亲，疯狂地摇晃着她，但是，她已经毫无反应。

救护车赶到了，母亲被送进医院，经过抢救，最后医生还是无能为力地摇了摇头："发现得太迟了。"

青兰感到整个世界都塌陷了，如果当初自己不去报复无辜的罗纹纹，或者一切都不会这样难以扭转了，而杀死姐姐的人竟然是自己的亲生母亲，她根本无法接受这样的事实。

那天起，她再也无法正常睡眠，靠药物才能睡觉，整天精神恍恍惚惚。人越来越瘦，化妆品都掩饰不了她的憔悴。所以，当她走向 T 型台的时候，没人为她喝彩。

而小紫出现的时候，所有的人都为她尖叫，为她欢呼。青兰呆呆地看着她，像是从来不曾认识她。她第一次发现小紫原来也这么美，这么青春靓丽，浑身散发着动人的光彩。而自己看起来惨不忍睹。

她突然像是明白了什么，只是她明白得太迟了。

7

小紫最终获得了出国参赛的资格。

此刻，她坐在酒吧的包厢里，娇笑着低声对赵老板说道："如果不是你怂恿青兰的母亲，在她面前说了很多小卡欺负青兰的事，她母亲可能不会下此毒手，亲爱的，你真有一手，我爱死你了。"

赵老板笑着说："你也一样，若不是你在小莫面前暗示小卡是罗纹纹害死的，在小他面前，说是小莫吓疯了罗纹纹，小莫对罗纹纹也没那么有敌意，而小他也不会置小莫于死地，至于那个同时失去母亲与姐姐的女人，怎么可能是我们的对手呢，哈哈！"

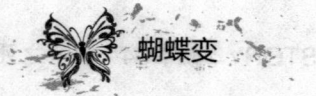

悄悄尾随他们身后的青兰终于明白了这是怎么一回事，只是她已经失去了太多，多到已经无力去挽回什么，如今，她不想让真正害死母亲与姐姐的人逍遥法外。

看着这两个可恶的家伙钻进了宝马车，她掏出了手机，拨打了110……

STORY 故事05 永存的爱

　　一想到砍这个动词我就有点后怕，脑子里莫名涌现《电锯惊魂》的片段。

1

房子是我租的，虽然陈旧，但因位于市中心，房租还是蛮贵的。我是一个上晚班的超市营业员，薪水不高，一个人承担一套房有点吃力。所以，我在论坛上发了个合租贴。

那时候，我一心想把另一间房租出去，不管是男是女，只要他们愿意租下，有正当职业，我都很乐意。

前两个都觉得房子太旧没要，而包南是第三个来看房的，一米七不到的个子，但比较壮，提着一个宽宽的皮箱，他看了下房间与卫生间就问了句："热水器好的吗？厨房可以用吗？"

我说："是好的，厨房就在对面，独立的，我基本不下厨的，就归你用吧。"

就这样，这个男人交了定金后住了下来。他的行李很简单，一个皮箱，一个行李包，还有一床被子，我要了他的身份证复印件，与工作证复印件。

包南，1979 年 10 月 8 日出生，牙科医生。

我注意了一下他的牙齿，门牙有点尖，而且也不白，虽然看起来很整齐，但是，大小很不一，颜色也有点差异，这样的形象都能当牙科医生？

但是，我想他没必要弄个假的工作证给我，为财不可能，我又不是富婆，富婆是不会租房子的，更不会租破房子；其次我虽不丑，但不是美女，不至于让这个男人处心积虑到这个份儿上。而且印象中好像是有那么一家牙科店。

我是中午一点至晚上九点的班，所以，回来比较晚。

第一天，听到包南在房间里说话，门关着，很明显是在打电话。然后我就回自己房间了，我们的房间就隔着一堵墙，所以，声音稍大点就能听到，但听不清在说什么。

这一个晚上，这个男人打了整整三个小时的电话，透过通向阳台的玻璃门，我看到隔壁的灯熄了，刚好是十二点整。

而此后的每个晚上都是如此，这令我很纳闷，怎么会有这么喜欢打电话的男人。而且很明显，对方是个女人，应该是同一个女人，每天的电话远远不止三个小时，那么，他在给谁打？又在说些什么？为什么不干脆带她回来？

一时间，我有了很强的好奇心，故意在卫生间磨蹭，卫生间靠着他的房间，而我只能听到嗯、会的、我明白等诸如此类毫无意义的词语，一时间，我也失去了兴趣，回房睡觉了。

2

这是包南第一次来我所在的超市购物，若不是他朝我点点头，我真没发现是他。

他要了一支牙膏，一支保鲜膜，还有若干的速食。房子里没冰箱，他买保鲜膜干什么，或者诊所里用吧。

"一共五十块零两毛，有两毛零钱吗？"

"我找找看吧。"

他说话的时候，我注意到他下面的一颗牙齿没有了，我突然想幽默一下开他的玩笑："是不是被人打掉牙啦？"

他的脸色突然阴了下来，扔下一张五十元与一个一元硬币就走了。我有点后悔不该开这样的玩笑。一整天都很不安，也不知道为什么会不安，

但又有点愤愤不平，这个男人也太小肚鸡肠了吧，一点玩笑都开不得。

晚上九点回宿舍，他房间的灯开着，还是他的说话声，一个人的说话声，很明显还是在打电话。但如果要等他打完电话，我想我是等不了的。

我敲了他的门，他那边安静了下来："什么事？"

"下午，你多给了八毛，现在还给你。"

"没事，送给你。"

"我才不要这样的小恩小利，如果八百万我还可以考虑一下。"

就这样，包南打开了门，手里拿着一个手机。

我闻到一股很怪的味道，一种香烟与别的气味掺杂的味道，这种味道令我感到很不舒服。

他接过那八毛钱，然后就关上门。在他就要关上门的一瞬间，我仿佛还看到一颗牙摆在桌子上，我全身哆嗦了一下。但我想，一定是我看花了眼。

回到自己的房间，我却怎么都睡不着，总想起那颗牙与隔壁奇怪的房客，还有那令人不舒服的味道。

半夜，半梦半醒间被某种声音惊醒，那声音不像包南的说话声，倒像是砍什么的声音。一想到砍这个动词我就有点后怕，脑子里莫名涌现《电锯惊魂》的片段。

我再一次想起他房间里的怪味，桌上的牙齿，还有他那漏风的牙齿，还有他的声音，总是停不下来的声音。一想起这些，我举起来想敲门的手忍不住颤抖了起来，突然想起关于杀人狂的通缉令，那人杀了好几个女人。但是，事隔几年，这事早沉寂下来了。我也不清楚，到底那杀人狂最终是怎样了，难道……

一想到跟自己合租的有可能就是杀人狂，感觉自己快要昏厥过去了。但是，极度的恐惧反而令我冷静了下来，如果我能抓住这个家伙，为死去的姐妹们报仇，那么，前男友也一定会对我另眼相看的。

3

今天早上九点，我就起床了，开始上网查两年前的那个系列杀人案，女人被杀，牙齿不见了。杀手一直没抓到。而且四年前同样也发生过这样一起案件，当时网络上传得很疯，还有一批疯狂的追随者在讨论凶手的杀人动机，他们一致认为是同一凶手所为，因为从作案方式还有受害人的切口分析，属同一种作案工具。

看样子，凶手两年作一次案，而案发时间都在 10 月 16 日，也就是说后天。

后天就是他再次作案的时间，一想到这个，我的心都快从胸腔里蹦出来了。

这个时间，包南已经去上班了。这个人面兽心的家伙，我在心里骂道。我到了那扇门前，故意敲了敲门，叫了几声包大哥。很明显，包南并不在里面。

但是，这房间的钥匙我没有，仅有的两把都给了包南，当时也是为了尊重对方的隐私权。

我打电话给贾亭，我承认，虽然我恨他，但还是很爱他。而此时我需要他的帮助，同样这也是对他的帮助，他很有可能因此破案。但很遗憾，他关机了，可能甩了我之后他就换号了，怕我骚扰他。

锁是老式的锁，门也是老式的木门，上面还有个窗，我绞尽脑汁，用卡、发夹等工具来开，但还是打不开，最后决定爬窗，好在是在一楼。而且门窗没锁死，一拉就打开了，我也比较瘦，钻进去应该没问题，我在窗口往里看了一下，并没有什么可疑。我费劲地从窗户爬进去，下去的时候，差点把我的腿给摔伤了。

我仔细地搜索了他的房间，并没有发现什么特别的地方，但是，我在桌子上看见的那颗牙还放在那。

这颗牙齿看起来有点熟悉，我端详了一番，然后随手把它塞进自己的裤兜里，一切按原样放好后，我关上了房门。

此时，我的目标非常确定，那就是，去包南的牙科诊所。

我还真不信，狐狸就露不出尾巴。

4

10 月 16 日，深夜。

我是半夜里去的，独自夜闯诊所我还真是缺了点胆量，于是把上晚班的同事赵博古也叫了过来。当然，我是告诉他我去完成一件很刺激很有挑战性的事，所以他才同意与我同去。

我们找到了那家牙科诊所，在旧城区大街的巷子里，大街上有个指示牌，所以不是很难找，那房子确实挺旧的，也很独立，但是，看上去还算整洁。我们按照指示牌，来到二楼，二楼的门是关着的。

这次，我是有备而来的。昨天夜里我把注意力都集中到包南身上，包南在房间，他的声音依旧没有停下来。我去敲门假装肚子疼得厉害，求他帮忙买止痛片，他犹豫了一下真的答应了。趁他出去的工夫，我把他床上的那一串钥匙全部印到了软模上，一大早就去复制了钥匙。

这个旧楼房跟宿舍一样破，我是带足了工具，包括电筒、瑞士军刀，还有电棍。我跟赵博古配合得很好，所以，我们很顺利进了诊所，诊所里有几个比较大的仪器，还有几个罐子里放着很多颗牙齿，有真牙也有假牙，这时，我注意到墙上的几个字：牙齿是人体最坚硬的东西，什么都不能恒久，包括爱情，唯独它能。

赵博古轻声地说："看来比脑袋还硬的东西非它莫属了。"

除此之外还有两个房间，一个房间好像是休息厅之类的，另一个房间是锁着的，我用其中一把钥匙把门给打开了，电筒照过去，看到了一张床，还有一张桌子，上面并无他物。

赵博古掀起了一块布，说："这里好像还有个暗室。"

当我们掀开那块布的时候，真的吓了一跳，只见很多颗牙齿粘在墙上，摆成了人形，而那人形之上，分明是一张女人的脸！但是，女人嘴巴空洞，没有牙齿。我还没从惊愕中回过神来，就听到赵博古的尖叫声，我赶紧跑去捂他的嘴巴，原来，另一面墙上同样有着一个牙齿摆成的女人。

"赵博古，我们怎么办？"我的牙齿在颤抖，说出这句话的时候，我情不自禁地捂住了嘴巴，怕自己的牙齿也会被挖掉。

"报警吧。"赵博古还能想到报警，真理智。

他哆哆嗦嗦地摸口袋里的手机，还没有拨好，我们听到门外有动静，我们赶紧把房间门关好，躲到了帘子的后面。随即，我们听到一个很沉重的脚步声，仿佛还拖着什么东西。

我突然想起今天是 10 月 16 日，是凶手再次犯案的日子，想到这里我打了个寒噤，如果没算错的话，包南拖进来的，可能就是第三个受害者。

我听到了声音，确实是包南："只有牙齿才可以永远，但是你说过，爱一个人可以爱到永远，你知不知道，那两个说永远爱我，但是，最终又背叛了我的女人，她们再也不会变心了，我把她们最坚硬的东西留了下来，你也一样，哈哈。你要把你身上最坚硬的东西留在爱你的人身边。"这时，他的声音突然变得很温柔很温柔，"这样，你的爱人就永远不会孤独了。"

我与赵博古交换了眼色，我们都想在彼此眼睛里找到对策。

这时，包南又开始说话了："本来，我想杀死隔壁的女孩，但是我发现，她其实比我更孤独，没有可以爱的人，没有朋友，总是听到她在半夜里哭泣，生病的时候，也没有人帮助她，多好的一个女孩，所以我改变了主意。"

我感觉到自己全身都是冷汗，包南的声音再次响起："好吧，让你死得痛痛快快，再一颗一颗拔掉你的牙齿，作为你爱过一个人的纪念。"

也不知哪里来的一股勇气，我冲了出去："住手，请不要伤害无辜的人。"

但是，当我看清受害者的时候，我全身都僵住了，竟然是我的前男友贾亭。只见他全身被绑，嘴巴里塞满了保鲜膜，能清楚地看到他两颗牙没有了。我下意识地摸了摸兜里，在包南房间里捡的牙齿，如果没猜错的话，这颗就是贾亭的，记得第一次见他的时候，我觉得他的小虎牙真可爱。

"求求你，放了他。"

包南看着我："那么，你还爱着他吗？"

我不知道应该说爱还是不爱，倘若这几个字能够救得了贾亭的话，那说什么都可以。贾亭的目光绝望而充满着哀求，对于这个男人，有一段时间，我真的非常恨他，但是现在，我却不忍，我想让他滚，滚得远远的，再也看不到。

我点了点头，但包南的刀子却准确无误地刺中了他的心脏。

"不……"

"你已经拿了他一颗牙齿了，是吧，我帮你换上，这样，你就能永远拥有他，并能跟他不停地对话，这一切都是为你好。"

"不……"到这时，我已经声嘶力竭了，全身没有一点力气，贾亭死了。

我终于明白了，包南为什么说话总是漏风，为什么总是不停地说话，他根本不是打电话，而是跟死去的爱人说话。

想到这里，我浑身颤抖，紧紧地捂住自己的嘴巴，包南在一步一步地走近，面目狰狞，我绝望地闭上了眼睛，另一只手无意中摸到了口袋里的手机。此时，一阵沉闷的声音，包南倒了下来。

赵博古手里举着一个电棍。

我扑进了赵博古的怀里，边哭边说："我们报警吧。"

赵博古使劲地踢了踢包南："你怎么学不会呢？笨蛋！我让你按着我的计划，在网上我是怎么一步一步教你的，不是让你来改变我的计划，怎么自作主张呢，你怎么杀了那个男人，计划全被你搞乱了。"

我感觉到全身的血液都冷了下来，手也僵了，没有力气从赵博古的怀里抽出来。赵博古转过头看着我，他的眼睛带着残忍的柔情："你不知道，我一直在暗恋你，我们做同事两年了吧，但是，你从来就没有把我放在眼里，好吧，既然我得不到你的爱，那么，我只能这么做了，只有爱人的牙齿是可以永存的。我要留着它，永远永远。当然，还有你美丽的生命。"

接下来，他说些什么，我听不清了，我仿佛看到了自己，空洞的嘴巴，在无力地一张一合，我想跟你在一起的。

只是在将失去意识的那一刻，我似乎听到刺耳的警车声呼啸而来，我想，警察，终于来了。

STORY 故事06 红裙女子

　　这个女人是个谜，还有花园里那些过于妖艳而硕大的花，散发着一种奇异的芬芳，也令我迷惑。

1

忙了一整天，终于把该搬的东西都搬回来了，该整理的东西也整理个大概。该喘口气了。

我与哥们胡立明趴在阳台上抽烟。胡立明是我初中就认识的朋友，情同兄弟，或者说，比兄弟还要好。

说实在的，我对新居颇为满意。虽然地理位置有点偏僻，但环境相当幽静。下面的绿化带里有几棵肥大的橡皮树，我一直很喜欢这种叶子硕大厚绿的桑科榕属植物，很大很温暖的感觉。而右边能看到隔壁房子的小花园，那小花园的花色诱人，长着各种青翠的植物，墙上爬满了紫藤，满园的芬芳扑鼻而来，仿佛近在咫尺。

胡立明说："你几时出差了，这里借我住几天，这里真的好美。"

"好啊，咱们谁跟谁呢，你随时可以过来。"我爽快地答应着。

胡立明笑了笑，没吭声。

我拍了拍他的肩膀："忙了一天了，咱们吃夜宵去。"

于是我们去附近的一个排档点了几个菜下酒，正吃着，一个穿着红色连衣裙的女子从我们面前轻轻飘过，像一团火烧云，清丽的面容，漆黑油亮的头发随风扬起。看惯了那些有着五颜六色头发的时尚女郎，这女子犹如一股清新的泉水，让人怦然心动。

胡立明两眼发直："很久没看到这么好的风景了。"

我笑而不语。然后我们又去酒吧喝了一会儿酒，已近十二点了。

回到家，冲了个澡，想起衣服都还在阳台上晾着，披了条毛巾，便去阳台。

　　无意中看到楼上的小花园有人影在晃动，一个穿红裙子的女人，在搬动着一盘白色的花，把它放在一棵蔷薇树的旁边。当那个女人转过身的时候，皎洁的月光刚好投在她的脸上，有一种诡异却圣洁的光辉，虽有点让人害怕，却有一种摄人魂魄的美。而让人惊讶的是，这个女人就是刚刚我和胡立明一起喝酒时看到的女子。

　　这女人好像察觉到有人在看她，转过身来，我忙躲在墙角。等她返回屋里时，我才回自己的房间。但这个女人的面孔时常出现在我的脑中，挥之不去。这到底是个怎样的女人？

　　我有一种想了解的欲望，因为这个女人是个谜，还有花园里那些过于妖艳而硕大的花，散发着一种奇异的芬芳，也令我迷惑。

2

　　这段时间常常有人莫名失踪，绝大多数是男人，上了年纪的也有，青年人也有，整座城市惶恐不安起来。

　　今天的报纸，大篇幅地报道了这起案件。我看了后，把报纸随手甩在沙发上，给自己煮了杯咖啡，然后上网下了一会儿军棋，感觉很累，就回房睡觉。

　　这里的夜很安静，针掉在地上都能听得见，这种静谧反而让我不习惯而难以入眠。不知过了多久，才迷迷糊糊地进入半梦半醒的状态。这时，隐隐约约传来一种奇怪的声音，似有金属撞击的声音，还掺杂着人与狗的叫声。

　　我努力挣脱这种半梦半醒的状态，清醒过来，想仔细倾听，却发现那种声音已经不见。我搞不清是我进入梦境时所产生的幻觉，还是那声音是

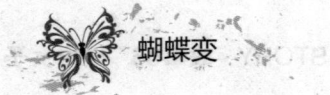

真实存在，然后又迷迷糊糊睡去。这一次，倒睡得很沉，一觉到天亮。

接下来的这几天，没有出现类似的声音或幻觉。我也慢慢地适应了这种寂静的环境。单身生活过得有点寂寞，但也自由自在。自从前女友离开后，我便没再交女朋友。

一次，从朋友家回来，喝高了，左晃右摆地走在路上，突然看到一个男的按着一个女人拳打脚踢。我感觉全身血液直往脑门上冲，便一个箭步冲过去，朝那男的挥手就是一拳，我学过跆拳道，对付一两个流氓并没什么问题。

我把他打趴在那里，然后拉着女人就跑。看那男人没跟上来，就放慢了脚步。

"你还好吗？"我关切地问道。

女人低泣着，肿着手臂，纤弱的身子在发抖，让人生出怜爱来，看样子她受了不小的惊吓。

"别害怕，以后晚上最好不要出来，现在这里比较乱，很危险，我送你回去吧，你家里有消炎的药水吗？你回去包扎一下，应该没事的。"

当她抬起那张带着泪水的脸，感激地看着我时，我突然感觉到眩晕。

天啊，这不是住在我隔壁的女人吗？

我把她送到她家门口，正想转身离去。她说："等等，陪我一会儿吧。"

我想了想，她可能惊吓过度，应该需要有个人陪陪。我点了点头，便走了进去。

一进去就是庭院，极为浓郁的花香扑面而来。这种花香中掺杂着一种很怪异的味道。这种味道是什么，我却表达不上来。

"这些花你养得这么好，有什么秘诀吗？"我好奇地问道。

她的脸突然变得极为煞白，眼神藏着很深的惶恐。

她倒了一杯茶给我，然后给自己点了一根烟。我认得这种女式烟，是MORE。

"你一个人住这么大的房子？"我开始找话题，打破这寂静的局面。

她点了点头："是的 我很寂寞。对了，我还没谢谢你刚刚救了我。"

我笑了："谁遇上这种事都会这么做的，不算什么。"

"不！不是的！"她尖叫了起来，我吓了一跳。

"你怎么了。"

她觉察到自己的失态，吸了一口烟镇静了下来："我的一个朋友，遭人强暴，却没人帮助她。"她恨恨地说，眼里都是火。

"那你朋友呢？"

"后来她自杀了，她对这个世界彻底绝望，从高楼上跳了下来。"

我叹了口气："她不该这样对自己。"

她睨视我一眼："你不觉得，死亡才是她真正的解脱，才是她最终的归宿？"

"不，死亡是一种逃避，是对现实的逃避与妥协，是一种懦弱的表现。只有勇敢面对残酷的生活，我们才能成为生活的强者。只有正视自己的处境，才能驾驭其上。"

"一个人的内心一旦被悲愤与绝望所占据，他又有什么事不可为。"

"是的，但人们仍然要有活下去的勇气。"

"你觉得那些无动于衷的旁观者是不是应该受到惩罚？"她的目光闪烁着尖锐而冰冷的光，让人不寒而栗。

"有些人是比较麻木。"

"麻木就可以丧失良知吗？"

"良知在人们的内心还是存在的，真的，请你相信我。"

她的脸上有一种痛苦而疲倦的表情。

"你累了，早点休息吧，我也回去了。"

我正欲离去，她突然叫道："请等等。"

她泡了一杯很红的东西，极像鲜红的血，我骇然："这是什么？"

她嫣然一笑："放心吧，这是花汁蜜，你尝尝，不是血。"

我疑惑地看着她，硬着头皮，啜了一口，这水果真是味醇如甘露，芬芳无比。我一口饮尽，然后把杯子递给了她："谢谢。"

走到门口，我突然想起了什么："对了，怎么称呼你？"

"丹魅，丹红的丹，魅力的魅。"

"丹魅？好美的名。我住在你隔离楼上，需要帮忙就说一声。"

她点了点头，眼睛很亮，很美，正如她的名。

一路上，我都在念着这个名，丹魅，丹魅……

3

单位要派我出差几天，临走时我问胡立明，要去过一个人的自由生活不，胡立明说了十几个要字，于是我把备用钥匙给了他一把。

本来一个星期就回来的，但单位临时又增派了任务。所以在那里又呆了两个星期才回来。每到夜晚，我时常会想起那个叫丹魅的女人，总期望她一切安好。有时想，自己不会是喜欢上她了吧？

坐了两天一夜的长途车，很疲惫。到家便随便叫了声胡立明，他并没有回应。我想他可能出去玩了，也可能回他自己家里去了，但阳台上却挂着他的衣物，有点奇怪。

可是过了几天也没有他的消息，打他的手机，关机。然后打到他家里，他母亲带着哭腔说很久没有他的消息了，不知道他去哪了。

我突然想起报纸上的那些失踪事件，打了个寒噤，难道他……

于是我去胡立明家，胡母一看到我就哭得像个泪人，于是我陪她一起去报警。做好记录，送胡母回去。我想起了丹魅，这个孤独的女人。这个世界是如此不安，不知她是不是好好的，于是我叩响了她的门。

丹魅看到我先是一惊，然后扑在我怀里大哭。我有点慌了："你怎么了？"

她喃喃地说："不要离开我，好不好？"

我有点傻了，难道是我命犯桃花了？我抱着她："不哭，我不离开你。"

她像是控制不了自己的感情，拼命地吻我，她的激情挑起了我心底的欲望。

激情过后，我感觉房间里有一种很怪的味道，类似于腐烂的味道。仿佛怎么浓郁的花香，都盖不住那种腐烂的气息，花的味道像一层一层被剥离了，这里的花香也没外面花园的浓。

我看着房间里那些厚重的窗幔："你应该呼吸点新鲜的空气，也接触一下阳光。"

丹魅幽幽地说："不，我习惯黑暗，我怕光。"

我抚摸着她略显苍白而光滑的肌肤，她突然紧紧地抱住我："无论发生什么事，你都不要离开我，好不好？"

这个女人令我又爱又迷惑，她像一朵妖艳的罂粟让我欲罢不能。但我有一种不安的感觉，感觉她会慢慢腐蚀我的身骨与精魂。

是什么让我产生这种感觉，我说不清，只知道这种感觉越来越强烈。

4

白天我也不能陪她，这段时间单位搞活动，还要常常加班，忙得我焦头烂额。所以跟丹魅在一起，也只有晚上。

我与丹魅有一种奇怪的约定，如果她在一棵终年开着血红花的木槿树上挂着一条白色的丝巾，就是等着我过去，否则她不会见我。我遵守着这种游戏规则。

那天晚上我做了一个梦，梦到丹魅笑盈盈地迎向我，笑靥如花。我张开双臂，抱住她，而我却感觉她的身体慢慢变得冰凉与僵硬，我疑惑地推开她，却见她狂笑着，面目狰狞。

我猛然惊醒，全身是汗，这个梦让我产生极度的恐惧，我奇怪自己竟然会做这么可怕的梦。

看时间，是凌晨一点。醒来后我再也睡不着。于是披了件衣服，去阳台，想看看夜深时沉静的天空。

夜色很宁静，上弦月，有很多闪烁的星星。在失眠的夜，这样看着沉睡中的世界，另有一种孤独的感觉。

这时，看到丹魅的大门开了，进去两个人，那女的分明就是丹魅，那个男人是谁？在这么深的夜出现，难道是与我一样跟她有关的男人？

他们俩人进了屋，灯亮了，又灭了。我的心里涌起一种难以名状的难受，突然觉得很恶心。虽然我无法看到他们在做什么，只是越想越愤怒，想闯进去，撕破那女人的嘴脸，却没有勇气。是的，我又算什么，我也没有给她什么承诺。

在阳台上站了很久，内心越来越凉，突然想起那个梦，觉得很害怕。正想回房间，却看到丹魅出来，用力地扛着一件很笨重的东西，我分明看到那被塑料类东西裹着的笨重物体，露出一双脚。我感觉一种寒气，直往鼻孔里渗，让我无法呼吸。

她在花园里掀起一个盖子，然后把那尸体塞进去。我突然明白了她用什么养那些花了，也明白了她房间里为什么会有那种腐烂的味道。

我想起了胡立明的失踪，还有报纸上几桩失踪案件，难道都是这个女人做的？

我正想逃离阳台，却看到丹魅那张苍白而带着狰狞的脸，恶狠狠地转过来。

她的脸，正对着我。

5

她敲我的门，我不开。

我颤抖着手，按着报警电话，却发现那几个键怎么都按不准，我感觉自己快要疯了。

而丹魅的声音，在夜深时传过来，却是那么清晰："求你，不要报警，好不好？"

"我做不到，你杀了我最好的朋友。"

"那是他咎由自取，他经不住女色的诱惑，活该。"

"你为什么要这样做？"我的声音颤抖着。

她幽幽的声音从门缝里传了进来，我害怕她会像鬼一样突然穿越这扇门，站在我面前，恶狠狠地向我扑过来。

"你还记得我朋友被人强暴的事吗？其实那是我自己，那时我才十五岁，那么多人，却没人救我。事后，很多人因此还耻笑我，包括我的父母对我也是冷眼相待，仿佛我是他们的耻辱。我无法在这地方呆下去，我恨死了所有的人，特别是男人，恨这个世界。我离开了这里，然后去另一个地方，跟了一个开药店的老头，我一直暗暗收集一些有剧毒的东西。然后我又整容，重回到这里。"

停顿了一会儿她继续说："直至我遇上了你，才知道这个世界并没有我想象中那么绝望。其实你第一次进我房间的时候，我也想杀死你，那茶里也放了毒，但我改变了主意，因为，你是好人。那杯红色的茶，我放了解药。

刚刚杀死的那个就是曾经强暴我的人，我找了那么多年，终于找到他了。我以后不会再干了。我只想好好爱你，跟你在一起，你知道吗？我真的不能没有你，真的，开开门好吗？"

"不！我不会让你进来的，我马上报警。"

她叹了一口气："你不用报警了，我去自首，天亮了我就去自首。"

当她的脚步声越来越远，我才松了口气，却不敢睡着，怕一睡着，她就会出现在我的梦里。

6

当我带着警察闯进房间的时候，发现丹魅躺在床上，神态安详，嘴角含着笑，像在最甜蜜的梦里睡去。

而手腕上流出的血，却使她身上的红色裙子更加鲜艳。

一个警察翻了翻她的眼皮，说："已经死了。"

床边有一张带血的字条：一直恨这个世界，当我发现这个我一直恨的世界也让我爱着时，我发现我自己没有权力去爱了，记得我曾爱过你。

我的眼睛模糊了。

这个备受身体与心灵摧残的女子，扭曲了自己的灵魂，以致落到如此凄凉的下场。只是她那惨白的面容，与沾满鲜血的裙子，却成了我的梦魇。

STORY 故事07 别墅里的梦魇

　　她知道自己很爱他。但是现在，她发现自己对他的恐惧已经超出了对他的爱。

　　夏茉懒洋洋地醒来，感觉空气中有一种浓郁的花香，睁开眼，看到了几朵金黄色的郁金香挺立于窗口斜露的阳光里，显得璀璨无比。

　　她想起来，这花是郑车前昨天送的，昨天是她的生日。而这束花，跟另一件重要的礼物比起来，是那样的微不足道。现在她才知道，郑车前是那么爱她。

　　缠绵一夜之后，她想，他现在应该坐在朝南的办公室里，桌子上放着大堆的文案，背后，同样的阳光打在他的身上。想到这里，她失声笑了。

　　她跳了起来，她的情绪还陷在昨天的兴奋之中，打开窗，空气是那样的清新，青草的味道掺杂着各种花香，她感觉自己快要醉了。这里是那么美，欧式的建筑物，虽然是半旧半新，但是透着一种高雅古典的美。

　　但她看到阳光下闪闪发光的水面时，她开心地欢呼着："游泳池！"

　　她从来没感觉生活如此美好。昨天，郑车前把一串这里的钥匙送给了她。钥匙很轻，却是她二十六年来最贵重的礼物。他们认识三个月，在此之前，她是他的秘密情人。但是，她爱他。

　　她开始一个一个地看房间，每一次打开，她都是怀着向往的心情，仿佛里面都会有神秘的惊喜等着她。但是，除了一台跑步机外，要么完全空着，要么毫无特色。不过，这并没有影响到夏茉的心情。她继续四处转悠，她要熟悉这里的一切。

　　她走到楼上，别墅的后园种着两棵柳树与一棵桃树，还有茂密攀延着墙壁的蔷薇与爬山虎。看看地面的落叶，夏茉想，这里应该很久没有人住过了。这时，她注意到，被爬山虎掩盖的角落，隐隐露着突出的青灰墙壁，高于围墙。她便走近，发现这里有座小房子。一扇紧闭的木门有着灰绿色的青苔，看上去，这个小房子是放杂物的，因为，它不但小而且四周近乎是密封的，或许，顶上的透气窗或孔被爬山虎给盖住了。

　　夏茉看着手里的钥匙串，一一试过，却没有一把钥匙能打得开。她心想，估计里面也没什么东西。于是，便没有放在心里。

　　晚上，郑车前打电话过来，说今晚不回来了。她也没说什么，他们一个星期顶多约会两次。很久以前，她就知道，郑车前是个有名的花花公子，但她还是堕入了情网，不能自拔，而在众多的竞争者之中，她脱颖而出，因为至少，郑车前送了这幢别墅给她，他对别的女人会这么好吗？

　　此时，白天的那种兴奋感已经散得差不多了，她开始感到无聊与孤独。因为如此空荡荡的房子，只有她一个人。

　　她随意翻开一本杂志，里面是健身的版面，她突然想到那架跑步机，对啊，可以用运动来打发时间，又健身又减肥，身材与容颜同样重要。

2

　　跑步房墙壁与地面，留着某种印迹，像是因为过度的擦洗所致，颜色也不同。空气有点难闻，她说不出那是什么味道，皱了皱眉头，然后把窗户都打开。

　　跑步机的键都是中文的，夏茉每个键都试操作了一下，都是好的。在跑步机启动的时候，她似乎听到某种声音，像是窗外传过来的呻吟声，这种声音跟跑步机同时响起，当她按下停止的时候，一切都变得寂静。她摇了摇头，或许这本身就是跑步机的声音。

　　然后她开始跑步，二十分钟后，已经大汗淋漓，她感到从没有过的舒畅与轻松。从跑步机上下来后，她注意到丢在墙角的一本小册子，一开始她就看到这本小册子了，封面上有着"跑步机说明书"字样，但是，由于被风吹着的关系，封面卷翘起来，露出点红色的东西。

　　她走过去，捡了起来，翻开封面的时候，手就突然放开了，忍不住地颤抖。

　　因为，那上面沾满着血，风一吹过来，那些血纸嗖嗖地响。扔下的时候，她的手还在颤抖，她突然想起刚进来时那种难闻的气味，如果没错的话那就是血腥的味道。她感到全身发冷，而身上的汗此时粘在身上，难受。

　　她快速离开了这个房间，然后去卫生间，脱掉了衣服，拧开了莲蓬头，而里面只滴出一两点的水滴。难道莲蓬头坏了？她感到纳闷，昨天她还用过，相信郑车前也用过。她试了很长时间，还是喷不出水来，只好作罢了。那怎么办，流了那么多汗，总不能不洗澡吧？她突然想起了那个游泳池。

　　夏茉来到了游泳池旁边，天色已黑，风吹过树木的时候，发出沙沙的声音，一切都是那么的宁静，仿佛这地方已被世界遗忘。夏茉强迫自己不再胡思乱想，用手探了探水，还好，不是很冷，于是她便跳了进去。

　　她水性很好，是海边长大的孩子。但她进入水里扑腾的时候，又听到了那种声音，若有若无的，像是从草丛里传过来，又像是水底。想到这里时，她打了个寒噤，水似乎也冷了起来。

　　她安静下来，仔细地倾听，除了风的声音，似乎没有任何声音，她想或许是自己有点精神过敏了。甩了甩头，准备继续游泳时，她听到了，这次是极为清晰地听到呻吟声，像人，又像是某种动物，有着撕心裂肺，又被深深压抑着的痛苦。

　　而这种声音，跟她在跑步机上跑步时所听到的声音是一样的！她想起了那本带血的说明书。这个地方难道会有野兽？想到这里她更加害怕，别墅区管理处离这里又有一段距离，这幢楼是最里面的。

那种呻吟声越来越明显，她感觉那就是水底发出来的。而她的脚此时分明触到了一个光滑的物体，像是人的肢体，她尖叫了一声，拼命游过去，回到了岸上。

她盯着慢慢恢复平静的水面，心还是狂乱地跳，刚才的那种感觉是那么清晰，不可能是自己的错觉，那物体是那么光滑，仿佛还有细茸茸的毛，一想到这里，她感觉自己就要崩溃了。

夏茉赶紧收拾好东西，就往楼上跑，在楼梯口的时候，她似乎看到一个人影飘向后园，但此刻，她再也无任何承受能力去探个究竟。一回到房间，她就把门锁得死死的，把所有的窗户也关得紧紧的。

给郑车前打电话的时候，他却大笑："什么？水里有东西？不可能啊，我昨天还在里面游泳了呢，乖，别胡思乱思。"

夏茉再也说不出什么了，只好睡觉。

3

来修蓬莱头的工人是个三十来岁的男人，穿着陈旧的布衫，背着一个旧工具包，但五官长得很端正。

他把东西拆了下来，然后说："东西是好的，里面被塞住了，所以喷不出水。现在可以用了。"

夏茉问："多少钱呢？"

他摇了摇头："东西好的，也没花什么力气，不用了。"

"那怎么好意思呢！"

他坚持不收，夏茉没办法，然后给他泡了一杯茶。

"你是新来的女主人吧？"

"是啊，你以前来过？"

"是的，这小区里房子的问题归我承包。"

"噢，那你应该很熟悉这里吧？"

他点了点头："我叫陈光。"

"这里，以前住着什么人，你知道吗？"

陈光的脸色变得有点苍白，目光闪躲，支支吾吾地说："知道吧。"

他欲言又止的样子，看着夏茉期待的目光，仿佛下了很大的决心，才开始继续说下去："这里，曾经住过几个女人。"

"住过几个女人？什么意思？是她们一起住过，还是相继的？"

"是几任吧，像你一样。"

"她们现在去了哪里？"夏茉盯着他的眼睛，他却躲开了。

"我得走了。"他拿起修理包就要离开。

走到门口的时候，他转过了头，神色甚是凝重："你最好离开这里，越快越好。"

"为什么？"夏茉追出去问，他已经走得很远，直至不见踪影。

为什么要我离开这里？难道这个修理工知道什么？她想起了健身房里那些奇怪的印迹，草丛里时而传来的呻吟声，还有游泳池里那可怕的回音，她感到不寒而栗。而这里曾住的女人，她们去了哪里？为什么当她问到这个问题时，那个维修工脸色会变得那么难看？

更奇怪的是，早上她在小区周围逛了一圈，只有一两个保安与清理工在周围，但他们都没到这里巡逻、清洁过。当她问他们的时候，一个保安笑着说："郑先生交了加倍的管理费，他说他的楼不需要任何人来管理，我们只得遵循业主的意见。"

夏茉越想越恐惧，这里必然藏着不可告人的秘密。她认识郑车前的时候，他旁边就有一个很漂亮的女人，那时候，她从没想过有一天她会成了郑车前的女人，而这个女人，她后来再也没有碰到过。

她不敢继续再想下去了，感觉自己快要疯掉了。拖当行李箱，她把自己的衣服一件件地往里面扔，就像那个修理工说的，离开这里，越快越好。

一种若有若无的声音隐隐地传了过来——撕心裂肺的呻吟！那种呻吟仿佛就在耳边，夏茉感觉自己的脸色一定变得像死人一样苍白。只是她突然就停止了动作，她看到了一个影子。

惨白的灯光下，一个拉长的影子，就在她房间里的墙壁上。她猛地回过头，却见郑车前就站在她背后，目光阴冷。

"你想去哪里？"

"我……这里太安静了，我想去我妹妹那里住几天。"夏茉努力使自己的笑容看起来跟平常一样。

郑车前刮了一下她的鼻子："你这傻妞，又胡思乱想了是不是。我去洗个澡，你乖乖地在床上等我。"

卫生间传来了哗啦啦流水的声音，夏茉看着自己的行李箱，犹豫着是不是应该逃走，还是继续留下来，想着郑车前对她的好，想着他们缠绵甜蜜的相处时光，在心底，她知道自己很爱他。但是现在，她发现自己对他的恐惧已经超出了对他的爱。那些女人，那沾着血的说明书，她知道，当郑车前玩腻了她的时候，她很快就会成为失踪女人的第四个，第五个，或第六个。

她拿了行李箱冲了出去，却撞上了一个人，她尖叫了一声，箱子甩了出去。却见一个四十多岁的女人站在那里，穿着很朴素，很干净，眼睛里有着不易觉察的笑意。

郑车前听到声音从卫生间里走了出来："噢，忘了告诉你，她是何妈，现在起，她是你的保姆。你不是觉得这里太冷清吗，现在，有她来陪你，侍候你。"

何妈向她鞠了个躬，然后把箱子拿回了房间，退了出去。

夏茉脸上挤出了一丝笑容，她知道，她已经逃不了了，像一只待宰的羔羊。

郑车前的手从背后搂住她的腰："宝贝，那个修理工对你说了些什么？"

夏茉浑身一颤，他怎么会知道？

郑车前自言自语般地说了起来："他是我高中同学，你知道我们现在为什么相差那么大吗，说实在的，论才华成绩他比我好。"

"为什么？"

"这是命，命里该是你的就是你的，不是你的谁都无法强求。所以，我拥有庞大的产业，而他只能当修理工，而且这个小区的工作，还是我看在他是老同学的面子上，介绍给他做的。所以你遇见我，是你的命。"

他用手指支起了她的下巴，凝视着她的脸："你真美。"然后他的头，深深地埋在她的胸前。

他身上的汗一滴一滴地落了下来，像雨水一样落在夏茉的肌肤之上，夏茉忍不住地边哭边呻吟着。

眼泪朦胧中，她看到窗口贴着一张脸，她因为惊恐而停止了哭泣。

何妈的脸。

4

夏茉几次想逃走，都没成功，何妈像个无处不在的影子，那高大的身躯随时都会出现在她的眼前。

而郑车前这几天几乎是天天来，成了夏茉无法摆脱的梦魇。她甚至想，自己当初怎么会爱上这样的男人？

这几天，每次跟郑车前欢爱后，夏茉都会沉沉地睡着。第二天醒来，郑车前已经走了。

这一天，她还没睡意，有点头疼，朦胧中，她感觉到有人轻轻地开了门，进入她的房间后，她听到脱衣服的声音。然后，那身体重重地压在她的身上，她感到那气息，根本不是郑车前。

她狠狠地推开他，他冷不防打了个趔趄，差点摔倒。只是当她看到他的时候，呆住了。

陈光！那个修理工！

她跳了起来，用衣服遮住了身体："怎么会是你？"

"你看不起我？"

"这到底是怎么回事？求求你，放过我。"

陈光叹了口气："我提醒过你，早点离开这个地方，这是郑车前欠我的。"他点了根烟，然后缓缓地说："我们从小一起长大，一直是死党，虽然他很富有，我很穷。五年前，他强暴了我的女友，我打了他一顿，却又不忍告发他。想不到女友再次遭强暴，不堪侮辱跳了楼。他声泪俱下地跪在我面前，并发誓，他的任何女人我都可以占有，我竟然答应了他如此荒唐的请求。"

"那么，那些女人呢？告诉我，你们共享过的那些女人呢？"夏茉冷静地说。

陈光发出野兽般地怪笑："你难道没听到什么声音？"

"呻吟，呻吟声？是不是？"夏茉觉得喉咙发干。

陈光点了点头。

"是不是后园的那个小房子？你把其中一个关在里面？"

陈光又一次大笑："是啊，谁叫她疯了呢，我们只好把她捂住嘴，关在里面。"

"还有一个是不是在游泳池里？"夏茉的牙齿在发抖，声音也跟着颤抖，"还有一个你们在健身房里把她杀了，对不对？"

这时，陈光的目光变得狰狞："你太聪明了，聪明的女人是不应该活太久的。"

他一步步地逼近，当她退到门边的时候，猛地打开门，准备逃脱，却再一次撞上了一个人——何妈。她瘫了下去，她知道，她的末日到了。

但是，夏茉却被何妈拽到了一边，然后只听见何妈一声严厉的吆喝："不许动，警察。"

她抬起了头，只见何妈手里拿着一把枪，枪口对着陈光，而此时，外面的警笛声此起彼伏。

她再也忍不住，扑在何妈怀里哭了。

5

这起残忍的凶杀案轰动了全市，在郑车前的别墅里，找到了另外三个女人，只有关在小房子里的疯女人是活着的，被送进了精神病医院。一个在游泳池里，另一个，就砌在跑步房的墙壁里。

对于这几个失踪的女人，警方早就怀疑郑车前了，但一直找不到确凿的证据，于是刑警扮作何妈来到别墅卧底侦查，才使案件有了突破性的进展。何妈在未破案之前又不能暴露自己的身份，只能在暗中保护夏茉。

当何妈与夏茉一起去看望疯人院里的女人时，她感到心酸，这么漂亮的女人，应该像美丽的花朵般绽放，却过早凋零了。是什么摧残了她们，虚荣？还是所谓的爱情？

STORY 故事08 转世的曼陀罗

　　我们一出生就带着这种病毒，从祖上传下来的，这种病毒传女不传男，从一出生就同美貌一起伴随着我们，也同美貌一起折磨着我们，直到我们死去。

1

遇见素素时，不敢想有一天她会属于我，因为她美得像是不属于人类。那种美无法用言语表达，仿佛世上所有优点都聚她于一身，有触电般的惊艳，我无法不对她痴迷。

我爱上了这个比我足足小十岁的女孩。为了接近她，我请了一个月假，当起她的家庭教师。天真无邪的素素终于迷恋上了我。我说以后还会过来看她，于是，一有空，我便带素素出去玩，她仿佛什么都没见过，对外面的世界一无所知。

我奇怪她家里为何不让她去学校上课。她说她身体不好，父亲不让她上学校，所以都一直请家庭教师。

她依偎在我身边，甜蜜地说："跟你在一起，是我一生最快乐的时光，从来没感觉这么美好过。"

我捏着她的小脸，说："傻瓜，只要我在，我会让你一直幸福下去。"

单位分派了一个任务，要我去一个比较偏僻的小村庄采写、拍摄与摄录那里一种特有的珍稀动物的生活，为时两个月。

无奈中只好跟素素泪别："我会打电话给你的，你要等着我。"

素素泪眼涟涟，恰似梨花带雨，更是楚楚动人，我觉得心酸。

2

来到村庄附近的一个小镇，我先安排住处。

这个小镇古朴幽静，一条小河贯穿其中，两岸柳絮轻扬，颇有"杨柳岸，晓风残月"之感。虽然不是典型的水乡，却有着江南水乡特有的柔媚。

租了个房间，四楼，楼梯是木质的，人走在上面就发出"咚咚"的声响，就算有只老鼠爬过也会发出声音。安定下来，便想给素素打电话，却发现在这里手机没有一点信号。于是只好给她写信，告诉她这里的情况以及非常想她。

房东是个四十来岁的女人，虽看起来显得有些老，但从精致的五官上可以看出，年轻时是个十分漂亮的女人。她时常穿着黑底的大花旗袍，我纳闷，这年头，还有人穿着这么古色古香，不愧是在江南水乡。

她住在三楼，脚步声听起来有点遥远，在将要接近的时候突然断去，让人感觉空气有着短暂的沉闷。如果那脚步声离得很近，我知道她是找我了，因为我住的这层是这房子最高的一层，而她找我的目的自是为了水电费与房租。

只有一次是例外的。

那天我正在洗澡，刚抹上香皂，身上都是泡沫，突然听到了敲门声。心里有点慌，边冲水边叫：“等一下，就来了。”

我草草冲去身上的泡沫，抹干身上的水，套上宽大的睡袍就去开门。

她似笑非笑地看着我，盯着我的胸，我脸有点发烫，低下了头，发现自己的纽扣没扣上，忙转过身扣好，然后对她说：“请问，有什么事吗？”

“我的咪咪好像跑进你房间了。”

“咪咪？”

“是一只小猫。”

"没有吧。"

她径自走进房间，轻轻地叫："咪咪，咪咪。"

突然从窗户跳进来一样东西，我吓了一跳，原来真是一只猫，长着细软的白毛。她抱起了它："咪咪，下次不许再乱跑了，让妈咪担心死了。"

妈咪？我瞪大了眼睛。

她说："先生，不好意思，打扰你了。"说完便抱着咪咪下了楼。

3

上楼与下楼，我都要经过她的房间。一次，扛着摄像机回来，经过她门口的时候，听到一种很怪异的声音，我径自走着，脑子里却一直充斥着那种声音。走到自己房间门口的时候，心想不行，如果这女人生病了怎么办？她好像一直离群索居，因为从我住在这里起，从没碰到过她有什么朋友或亲戚来拜访她，越想这女人越可怜。

想到这里我就飞快地蹿下楼，而门却是紧锁着的，我敲了敲门，女人没有回应，而那奇怪的声音却越来越尖锐，像是痛苦到极致才能发出的呻吟。

我顾不上那么多了，救人要紧。便踹开了门，里面一片黑，我打开手电筒，只见女人在床上翻滚，全身蜷缩，还不时地用头部撞击着床沿。

我慌了，说道："你怎么了？需要我帮忙吗？"

她抬起了头，极其苍白的脸，都是汗珠。目光涣散，好像无法集中视线，好大一会儿了，她认出了我，指了指那张檀木桌子："药，药……"

于是我忙拿起桌子上的那瓶药，倒了水给她服下去。

她渐渐平静下来，然后缓缓地说："你现在见识到什么叫生不如死了吧。"她的声音像是从很遥远的地方缥缥茫茫地荡过来，遥远得仿佛并不出自她之口，我全身发冷。

　　一直在旁边发抖的猎这时轻喵一声，爬进了女人的怀里。女人点上一根细长的烟，吐出一口气，眼睛幽幽地望向窗，而窗户却是被死死地封上，只有最上方才露出一丝微弱的光线。而她的目光，却投向比窗更远的地方。没有人知道那是什么地方，那个地方，或许任何人都无法抵达。

　　她突然转过身盯着我："我漂亮吗？"

　　"漂亮。"我细细地看着她，老实回答，我极少见过五官长得如此精致的女人，完美得像一座雕塑，虽然她的容颜已经衰老。

　　"我们家族从来没有哪个女人活得过三十五岁，我三十四了，而我现在看起来像个四五十岁的女人，你无法想象这些年我老得有多快，我不知我还能活多长时间，几个月，几天，或许仅是几个小时。我知道我挨不过十二个月。而死对我们来说，是一种彻底的解脱。"她叹了一口气，继续说："我们一出生就带着这种病毒，从祖上传下来的，这种病毒传女不传男，从一出生就同美貌一起伴随着我们，也同美貌一起折磨着我们，直至我们死去。而药物只能让痛苦得到暂时的缓解，谁都无法拯救我们。我们是上帝的宠儿，又是被上帝所遗弃的人。死，才会让我们安息。

　　我有一个女儿，还没生下她时我多希望我肚子里是一个男孩，可她是女孩。从她一出生，我就千方百计想杀死她，因为我不想让她重复我，乃至这个家族里所有女人凄惨的命运，不想让她承受那些病毒的折磨，与难以承受的痛苦。但家人都以为我疯了，于是把我绑起来扔到这个地方，连同我的衣物，与很多的钱，让我自生自灭。于是，我买了这幢房子。我在这里孤零零地生活了十几年，受尽了孤独与疾病的折磨，生不如死。"她停顿了一会儿，低着头抚摸着怀里的猫，"这几年，还好有咪咪陪着我，没有那么孤独了。我的女儿也应该十七岁了，我能想象她现在的模样，每当想起她，感觉她就站在我的身边，那么美，像一朵盛开的曼陀罗，而那些病毒在她的体内同样极为茁壮地成长。"

我环视着四周，灯光虽然很灰暗，但房间算是比较干净，散发着一种淡淡的檀香。而这些家具与挂着的衣物却是十几年前所流行的款式，看上去显得很陈旧，却都是精工细雕，有一种时间冲刷不去的韵致。

这时我看到一张女人的照片，呼吸变得急促起来，惊愕地张大了嘴巴，这不是素素吗？除了没见过她把头发挽成秀气的菊花髻，穿过这种端庄而不失妩媚的白底细花旗袍，这眼睛，这鼻子，这嘴巴，分明都是素素的。她的照片怎么会在这里？我疑惑不解。

女人看我直愣愣地望着照片发呆，说："这是我年轻时的照片。"

她走近，轻轻地抚摸着照片。而我的脑子却轰的一声响，脸色霎时变得极为苍白。

女人问："你怎么了？

"没什么，你好好休息吧，有事情叫我一声，能帮得上我一定会尽力。"我不知道我是怎样拖着沉重的步履上了楼。

桌子上摊着一封素素的信，她说她怀孕了，她希望那是个男孩，跟父亲一样健康坚强的男孩。

我回道：这里一结束，我们就结婚。我爱你。

4

这两天，房子里出奇地安静，楼梯上没有传来任何声音，就连平时咪咪蹿上蹿下所发出的细碎声也没有。开始我并没在意，接着想起这个可怜的女人，越想越不妙，有一种很不好的预感，于是便"咚咚咚"地跑下楼，敲了敲门。

里面没有任何声音，静候一会儿，听到房里传来一声猫叫声，听起来异常悲切，就推门进去。

那个女人已经安静地睡在那里，永远的。在她去前，一定有过痛苦的挣扎，因为床上的被褥凌乱不堪，她的头发也很乱，而在最后的一刻，她像是得到了解脱，仿佛在奄奄一息之际，终于觅到一丝光亮。而那光亮让人感到温暖，她终于笑了，嘴角还遗留着欣慰与恬静的笑。而那只猫，蜷在她怀里，目光哀伤，发出悲切的轻吟。

我在梳妆台上找出一只桃木梳，给她梳妆，这时发现她的容貌恢复到年轻时的模样，跟素素简直像是从一个模子里刻出来的，我的手颤抖着，眼泪却涌了出来。害怕这女人真的变成了素素，一想到这，我就强迫自己不能再想下去。

摄制工作已基本完成，我这里的工作也告一段落了。整理好东西，站在院子里，四周都是缤纷的落叶，使宅子看起来更加幽静而清冷，心里甚是悲凉。

走到门口时，我想到什么，便转回去，抱着咪咪离开。而那扇掉了漆的红木大门，我小心翼翼地关好，怕有人误入会惊动在安眠的魂。

5

想不到咪咪一见到素素就扑了过去，舔着素素的手，发着亲昵的叫声。一开始素素吓呆了，看到咪咪如此乖巧，便也开心地笑了。

"它叫咪咪，你一定会很喜欢它的。"

素素看着我，轻笑："是的，我很喜欢它。"

而我的内心却喜悦不起来，我怕一些命运已经在无可遏止地轮回。

我们的婚礼如期举行，穿着白色婚纱的素素比平时更美，像不沾人间烟火的仙子。所有的亲友都惊艳我娶了如此美丽的女子。

当我们一起向亲友敬酒的时候，素素突然抓住我，而她右手的杯子落地，脸色极为苍白。我慌了："你怎么了？"

"带我离开一会儿。"

我对要敬酒的亲友们说："新娘子身体有点不舒服，去去就来。"

我牵着素素到更衣室，她的手是冰冷的，我帮她擦去额头的汗，关切地问道："好些了吗？"

"很快就好的，老毛病了。一出生身体就不好，去过很多医院，但他们医不好这病。"素素说。

我紧紧地拥着她，多么希望那些痛苦能够转移到我的身上，这样，她就可以好好的。不会恐惧，也不会难受。

素素临产的那天，天空下着很大的雨，像是为了发泄压抑已久的愤怒。当我把粉雕玉琢的小素素放在素素怀里时，素素的脸上露出疲惫而又欣慰的笑。她把手伸向婴儿的下身，并摸索片刻，突然发出一声歇斯底里的尖叫，然后狠命地掐婴儿的脖子。旁边的人全部都跑过来，我夺下了婴儿。

"你疯了啊？"

素素像中了魔，目光狂乱："我一定要杀死她！"

我霍然瘫软在地，望着疯狂的素素，与怀里无辜、美丽得像小天使一样的小素素，我知道，一个家族无法改写的悲凉命运已在重演。

STORY 故事09 秘眼

　　许湛，我并没有死，虽然你在意念里已经杀了我无数次。

1

许湛到达七里这个偏僻小镇时，已是傍晚时分了。

夕阳斜斜地从青黄斑驳的梧桐树上穿过，恰似一双温柔的手，轻抚你的肌肤。但许湛却无心欣赏这小镇的旖旎风光，因为他得先找个地方落脚。

迎面走来一个穿着蓝色长裙，外面裹着深色外套的女子，露着秋天一样萧索而凛冽的脸。

他拦住了她："请问，这里的旅馆在哪里？"

她用一种很奇怪的眼神盯着许湛，然后缓缓地说："这条路走到底，向左拐两条街，就可以看到。"

许湛道了声"谢谢"，边走边想着这个女子，他之所以觉得她的眼神有点奇怪，是因为发现她的眼睛有点斜。虽然，这并不大影响她的容貌，但她看起来那么忧伤，以至于她那双眼睛仿佛在彼此交换着难言的秘密。

他随便在小镇的馆子里吃了碗面，就回旅馆。当他正要开房间的时候，感觉有人向这边走来，转过头，看到那个在路上碰见的女子往这边走来，他有点欣喜也觉得有点奇怪。她在许湛的隔壁房间门口停住了，然后掏出了钥匙。

"你在302房？"许湛问道。

她点了点头。

"真巧，我们是邻居。"

她的嘴角微微抿出了笑，他发现她的脸部线条突然就柔和了起来。

"晚上比较无聊，能不能陪我逛逛？对了，我是第一次来到这个地方。"许湛发现自己有点喜欢这个女子。

她收起笑，眼睛直直地看着许湛，这使她两只眼睛的距离显得更近，然后她吐出"对不起"三个字。

许湛虽然失望，但还是说："没关系。"

回到房间，打开了电视，眼睛盯着屏幕，心却有点纠结，隔壁的女人令他想起了前女友。许湛把相机拿出来，翻出了女友的照片，她的眼睛跟那个女人是如此之像。

他叹了口气，心里很难受。女友在两年前，死于车祸。他随身携带的数码相机，是她唯一留给他的遗物。而隔壁的女人，许湛很想拍拍她，仅是为了纪念一下也好，否则他会觉得很遗憾。这仅仅是因为那双眼睛。

正因为如此，许湛打算在这个小镇多逗留两天。

2

早上七点，他还在睡梦中，迷迷糊糊地听到敲门声，不想理会，但敲门声却极有耐心地响着。

他有点恼火地开了门，却看到隔壁的女子，她笑着说："想不想看看小镇的早晨？"

许湛说好后便让她先等一会儿，于是迅速洗漱，穿好衣服。出来的时候，他把相机放进了口袋。

小镇的清晨，安静而清新，鼻息里，有着青草的味道与花的芬芳，而那些勤劳的人们已开始在忙碌着。

许湛随她来到一片小树林，这时太阳已经慢慢地探出了头，柔和的光从树隙里洒了下来，让他想起了童年那些无忧的日子，是那么美好。她找

了块大石头坐下，表情恬静。

"以前上学的时候，常常逃课，又不敢呆在家里，于是常常坐在这里发呆。"看样子，她跟他一样，陷入了那些美好的回忆，那种恬情与幽静的环境融合在一起，看起来特别令人心动。

他突然就想起了陈小琳，这段话听起来很熟悉，他想起他跟陈小琳去野炊的时候，她也这么坐在一块石头上，表情恬静。似乎也说过这么一段话，他的心跳有点加快，额头上开始冒汗。

"你怎么了，人不舒服吗？"她焦急地问道。

许湛清醒了过来，摇了摇头："没什么，你别动。"他拿出相机给她拍了几张。

"能不能看看，你会不会把我拍丑了。"她说着，凑上来看。

"不能，你的每个角度都很美，不会难看的。"

"为什么不能看？"

"这是秘密，秘密是不宜公开的。"

她没有再要求。

许湛想起她刚才的话，他问："你是在这里长大的吧，那应该是这里的人，怎么会住旅馆呢。"

她笑着说："这是我的秘密。"然后停顿了一下，"不过这个秘密是可以公开的。在我十岁的时候，我们从这里搬走了，我来这里是为了办一些事，事情办完了我也就离开了。"

她说话的时候，许湛目不转睛地看着她，他说："你真美。"

她有点惊讶地看着他。

许湛笑笑："你有一种独特的美，是别的女子所没有的。"

她顿时红了脸，此时的她，已完全蜕去了那层坚硬的外壳，让许湛觉得他离她很近，他说："我可不可以亲你？"

她突然变得很安静，凝视着他，然后钩住他的脖子，头微微扬起，又深深地埋了下去。

3

　　每当许湛离开一个女人，他都会很安静地离开，这次，对于她也是如此。他在她的杯子里放了他平时必备的安定片，可以让她睡上一天一夜。

　　离开之前，许湛翻了她所有东西，包括她里面的手机短信，发现她跟一个叫郑安的男人关系暧昧。许湛突然想起，郑安就是那个与陈小琳有染，但已经死去的男人。他感到全身都烦躁了起来，他想或者只是同名而已。

　　走之前许湛在 302 房间环视了一番，却总觉得有一双眼睛在盯着他，他觉得浑身不舒服，难道房间里装了摄像头之类的东西？他仔细地查找，并没有发现，然后他突然感觉到那双眼睛可能是倾斜的。一想到这儿，许湛便想起死去的女友的眼睛。

　　现在他感觉她就在房子里，用那双怪异的眼睛看着他，然后许湛看到那女子，居然醒了过来。她眼睛直直地盯着许湛，那双令人厌恶的眼睛令许湛要发疯。

　　许湛颤着声："你到底是谁？"

　　她冷冷地看着他，嘴角上有点诡异的笑："我是陈小琳。"

　　陈小琳是许湛出车祸的女友，许湛后退了一步："不可能，她死了。"

　　她突然大笑："你知道，一个人的容颜怎么变都可以，但是最不能改变的是什么？"

　　"眼睛。"许湛看着她的眼睛，从心里吐出这两个字。

　　"是的，眼睛。"

　　"不，不可能！"

　　许湛明明看到她断了气，并且面目模糊。许湛打了个寒噤，但是，这

双眼睛，还有她的神情，却跟陈小琳一模一样。

"你没想到我还能活着吧，是的，他死了，我的情人当场死亡，因为刹车出了故障，我以为这也是纯粹的意外，当我从昏迷中清醒的时候，却看到你出现了，那时我的脑子是清醒的，我很不解，于是装死，那一瞬间我以为你会救我，但是，我看到你满意离去的背影，我便明白了一切，我们的事故跟你有关。但是，我找不到证据。而我现在找到了，我的相机，这是我的相机，里面有我与情人的约会照片，你把它拿走了。"

她手里拿着那个相机，他不知道这个相机几时被她拿走了。

许湛的眼神变得像冰一样寒冷凛冽："上次没让你死成，这次，可以完成你的心愿了。"

他的手坚硬如钢，狠命地掐住女人的脖子，女人的眼睛死死地盯着他："纵然我死，也要缠着你。"

许湛拿了相机，然后迅速地逃离了现场。

当许湛走在清冷的街道，他想起了女人死前最后一句话：纵然我死，也要缠着你。

4

许湛依然四处逃亡，他还是想不通，那天，陈小琳明明死了，怎么又活了过来。纵然她真的活了过来，也毁了容啊。

他头痛欲裂，大把大把地吃药，他几乎每天都会梦到陈小琳，对他痴痴地笑着说："许湛，纵然我死，我也要缠着你。"

醒来的时候，许湛发现自己满身是汗。他靠药片才能睡得着，一睡着就做梦。

许湛沦落到一个南方的小城，租了个房间，然后在一家酒吧找了份服务生的工作，每天昼伏夜出。其实他很讨厌激烈的音乐，与那些每天都抹着很厚的脂粉，靠跳艳舞来生存的女人。

　　一个戴着深色眼镜的女人引起了他的注意。她喜欢穿着黑色的衣服，眼镜盖着半脸张，肌肤很曰，红唇浓烈。她总是一个人来，点一杯血腥玛丽，手里的烟没断过，不睬任何人搭讪。每次，她抽完了手里的那包茶花就走人，那杯酒却留下一半。整个酒吧，就她像一块沉默的玉，温良，孤独，却有着醇厚的女人味。许湛默默地关注着她，却从没走近她。女人对他来说，是一块巨大的伤口，所以他不想碰触。

　　某一天，许湛还是接近了那个女人。那天，一个喝醉了的男人抱着她，硬要带她走，许湛想也没想，抢起一个瓶子就朝他的脑袋砸下去，然后他拉着她跑。

　　"你为什么要帮我。"女人的声音像寒冬里的风一样冰冷刺骨，令许湛有点后悔帮了她。

　　"没有为什么，我见不得孤独的人。"

　　"那是因为你也孤独。"女人突然笑了，她一步一步地走近他，挨得那么近，狐仙般尖细的下巴，娇艳欲滴的唇，许湛突然就眩晕了。

　　他知道，他又一次陷入了一个女人的情网。

5

　　每次许湛醒来时，那个女人的气息犹存，但人已不在。他知道自己现在是如此迷恋着那个女人，虽然他一次又一次地告诫自己，不能爱上任何一个女人。

　　那个女人总是在深夜时出现，然后在黎明时分走掉。她跟以前一样，穿着黑色的衣服，戴着墨镜。她的身体在黑夜像一朵绽开的马蹄莲，洁白，

硕大，有着迷人的芬芳，只是他总是看不清她的脸。因为，她从不拿掉那副眼镜。

有时候，许湛会怀疑这个女人不过是他孤独时的一个梦。因为，他依赖着女人的身体。二十岁之后，他就开始不断地游荡在女人中间，直至他爱上了陈小琳，才收敛了他的浪子本性。但是，陈小琳却背叛了他。

许湛搂住了女人的腰："你能不能不要走，当我醒来的时候，我希望你还在，我害怕空荡荡的感觉。"

女人轻轻地说："不能，我只能出没于黑夜，我讨厌白天。"

许湛想解释，想说服她，但是，他的眼皮越来越沉，终于，还是沉沉地睡去了。

女人看着昏睡中的许湛，嘴角抿起一丝不易觉察的冷笑。仿佛，她很满意这样的情景。

许湛很奇怪，自从这个女人出现后，他就睡得很死。某天，许湛把女人泡的咖啡偷偷地倒掉，然后佯装像往常那样睡得很死。只是不一会儿，他就有点犯困，在迷迷糊糊之间，他看见女人抽完了两根烟，然后"唉"的叹了口气，像是在自言自语："许湛啊许湛，你还记不记得，我曾经跟你说过，死了也会缠着你。"

许湛感到心口突然跳得剧烈，他努力瞪大了眼睛，他看清了女人那伤痕累累的脸，只是，令他更为恐惧的是那双眼睛，那双阴魂不散的斜眼。

许湛终于昏迷了过去。

6

许湛醒来的时候，发现周围一片素白，他看到一身白衣的医生，还有两个警察。许湛从床上爬了起来，跪在了警察的面前："我有罪，我杀害了三个人，我都招了，我只求你们把她赶走，让她别再来找我了，我求你们了。"

警察小张莫名其妙地看了一眼同事小赵："你慢慢说，到底是怎么一回事？"

"我在女友陈小琳的车里动了手脚，他们出车祸死了，但是那个陈小琳没放过我。在七里小镇，她变成了另外一个人接近我，拿走了她自己的相机，我把她给杀了，不信，你们可以在相机里看到她的照片，我在树林里拍了她。"

小赵从包里掏出一个相机："你说它吗？"

许湛点了点头："是啊，就是它。"

小赵翻了下照片，里面除了陈小琳与她情人的照片，再也没第三个人。他把相机递给了许湛，说："我找不到那个女人，你自己看看。"

许湛紧张地翻看着，确实找不到那个女子的照片。

"不会的，不会的，我记得很清楚，可能是谁把那几张给删了。你可以查一下，4月16号，七里镇小春旅馆的302室住着一个女人。"

小赵就给七里镇的派出所打了电话，让他们去调查，调查的结果是，那天，那房间根本没住过人。

"不，不可能。"

小张叹了一口气："有个人想见你。"

当那个戴着墨镜的黑衣女人再次出现的时候，许湛神经质地大叫："走开，你给我走开，你这个阴魂不散的女人。"

黑衣女人拿掉了眼镜，叹了口气："许湛，我并没有死，虽然你在意念里已经杀了我无数次。"

原来这个黑衣女人就是许湛以为是已经死去的陈小琳，她确实出过车祸，她的情人死了，但她并没有死。她的车并没有任何故障，只是意外跟一辆失控的卡车撞上的。

那段时间许湛天天醉生梦死，他记不起自己是否在陈小琳车上动过手脚，因为他在脑海里计划过无数次。他以为陈小琳死了，以为是他杀了他们，便终日恍惚逃窜，靠药物生活，以至于精神出了问题，产生了幻觉。而那个七里镇碰到的女人根本就不存在，那是因为他对女友的那双斜眼太过深刻，以至于产生了幻觉，他以为她又复活了。

看着渐渐平静下来的许湛，警察小张对他说："许湛，是你的女友还有医生叫我们过来的，为了让你的病情有所缓和，所以让我们给你解释清楚，你不要有思想负担，我们可以保证，你没有犯罪，也没杀过人，好好治病吧。"

等警察走的时候，许湛还在发呆，原来一切都只是一场噩梦，那一直以来折磨他的，不过是他的心魔在作怪。陈小琳微笑看着他，那双眼睛虽然有点倾斜，却是那么俏皮，动人。

她说："我已经失去了一个人，不能再失去你了，你还能再接受我吗？"

许湛呆呆地看着她，却已经不由自主地伸出了手。

STORY 故事10 深度迷失

　　十楼，足以让你这个疯子毙命。只是正当他这么恶毒地想着时，背后一双有力的手把他推了下去。

1

赵野的办公室位于某旧公寓楼的五楼。

这办公室是他租的，虽然地理位置有点偏僻，但环境很幽静，这种幽静正是他工作所需的，他是一名心理医生。

这天实习生小鸣带着一个黑衣女子来到他办公室，这个女人有着乌黑的短发，齐眉的刘海，穿着一件半露胸的绒线衫，可以看到两块很漂亮的锁骨。只是整个人看起来很阴郁，目光有点呆滞。

他看了一下挂号本上的名字：徐亚颜。

他微笑地看着她，然后示意她坐下来："有什么可以帮助你？"

"我失眠，头痛，一睡着就会做噩梦。四个月前，我遭遇了一场车祸，我丈夫开的车。我脑部受了伤，昏迷了两个星期，而撞上的那个女孩没能活下来。医生说我的脑部已康复，没什么问题，但是我常常梦到与那个女孩子即将撞上的一刻，还有她惊恐的眼睛，我无法睡觉。"女人的声音很细，说完了后就捂住了脸，很痛苦的样子。

赵野看着她，说："你需要心理调整，没事的，很快会痊愈的，你跟我来。"

他把她带到一个小房间，让她躺在一张铺着白色床单的小床上，示意她深呼吸，消除杂念，然后拿着一根点燃的蜡烛，对她进行催眠。

徐亚颜起伏的胸部渐渐变得平缓，慢慢进入了深层睡眠状态。看起来像一个睡美人。赵野轻轻抚摸着她的颈部，但又瞬间打住，然后他退出了小房间。

这一觉，徐亚颜足足睡了五个小时，苍白的脸上也有点红晕。赵野解除了催眠，让她慢慢复苏。

他给了她一张名片："有问题随时给我打电话。"

徐亚颜点了点头。

2

徐亚颜再次犯头痛，她在疼痛中惊醒。摸摸身边，空空如也。丈夫辛力并没有回来。

疼痛感慢慢消失。而脑部却开始变得很沉，像压着一块石头。她还没完全清醒过来，就感觉自己突然陷入某种茫然的状态，时间仿佛在这一刻静止了下来，而她的身体开始接收所有的声音，滴水声，汽车喇叭声，婴儿的哭声，飞机的轰鸣声。她感觉自己的身体在膨胀，像是要爆炸。

这时，她看到一个暗红色的影子慢慢飘过来，那是一张女子的脸，这张脸似乎很熟悉，但又感觉没有见过。

"你是谁？"她惊慌地缩到了床角。但那女子并没有回答，只是安静地站在那里，眼睛对着她，又似乎穿到很远很远的地方去了，徐亚颜又一次尖叫："你到底是什么人？"

她把枕头扔了过去，那枕头却直直地躺在那里，好像抛进空气里，而没有撞到实物。徐亚颜揉了揉眼睛，那女子不见了。

徐亚颜慢慢恢复了平静。只是不多久，她的大脑出现了某些破碎的片段，一个男人，一个出租车司机，被人劫持到野外，然后被杀害。尸体抛在草丛里。徐亚颜感到恐慌，那情景是如此清晰。

她"哇'的尖叫了一声，然后颤着手给辛力打电话。而他的手机却是关机。折腾了很久，她在惊恐与疲惫中慢慢睡去。

3

第二天，徐亚颜打开当天的报纸，呆住了。

上面登着一起案件，一出租车司机被谋杀，抛尸于野外。报纸上面还有几幅照片，照片上的情景跟徐亚颜昨天脑海里出现的片段一模一样。

难道自己有预知能力？还仅仅只是巧合？徐亚颜再次感到头疼欲裂，脑子快要炸掉。

她走到镜子面前，看到自己那张苍白的脸，脑子再次膨胀，只是这次看到的情景却令她的心快要碎掉了。那是丈夫辛力与一个女人在床上纠缠时的情形，虽然她看不清那个女人是谁，但女人的头发很长，遮了大部分的脸这绝对不会是她自己。

"不，这一定不是真的，是幻觉，一切都是幻觉。"她这样喃喃自语。她打电话给辛力，辛力说他在陪客户，现在走不掉，迟一点回来，说完就挂掉了。徐亚颜盯着手机发呆。

凌晨两点，徐亚颜听到了开门声。她假装睡得很沉，辛力躺在她身边，有着陌生女人的味道。

"我今天去看了心理医生。"徐亚颜说。

辛力吓了一跳："你还没睡着？医生怎么说的。"

"他说没什么事，需要慢慢调整。"

"噢，那就好。"辛力应了一声，然后就拉上被子睡觉了。

"你是不是不爱我了？"徐亚颜突然坐了起来，盯着辛力。

快要睡着的辛力惊讶地看着她："怎么了？"

徐亚颜的眼睛发着森冷的光："你不是喜欢短发女子吗，我为了你剪了一头的长发，你却有一个长头发的情人。"

　　辛力倒抽了一口气，自以为神不知鬼不觉，精神一直恍惚的徐亚颜怎么会知道？他望着妻子那双变得越来越大的眼睛，他感觉里面是一个很深很黑的洞，他随时会有掉过去的危险。

　　那天以后，辛力回家的次数比往常少了，徐亚颜变得更加孤独。

4

　　徐亚颜站在镜子面前，凝视着自己。镜子里的女人穿着红色的细带裙子，白皙的肌肤在艳红颜色的衬映之下，如桃花般娇艳。

　　她记得第一次遇见辛力的时候，她穿的就是这件裙子，辛力深深地被她吸引了。只是，某些感觉与往事只能永远地成为过去。

　　她穿上细带高跟鞋，拎着包，就去了赵野的心理诊所。现在，她最喜欢去的地方就是赵野的心理诊所，她喜欢那个男人温厚的目光，让她想起跟她热恋时的辛力。而辛力现在的目光里唯有冰冷。

　　当她上了楼，走到门口的时候，脑中突然浮现出一些很香艳的片段，类似于色情片，是她与赵野亲密时的情形。她感到心跳加速，面红耳赤。

　　实习生小鸣看到她微笑着说："赵医生在里面，你进去吧。"

　　赵野一抬头，看着她进来，眼睛睁得很大，那眼里装的是惊艳。她想起那刚刚的幻觉，心"扑通扑通"的跳。

　　"你信不信有的人会产生预知的特异能力，你说是不是我大脑因车祸出了问题，因此拥有这种特异功能？"徐亚颜细声地问道。

　　"国外有这种先例，并不排斥某种比较灵异的说法。大脑因为某种病变，或突然受到了震荡，打开了逆向时光之门，突然开始接受某种常人接收不到的信息，或者说大脑皮层能够事先接到这种信息。不过你比我想象中坚强多了，至少现在看起来比第一次来的时候状况好多了。"赵野说。

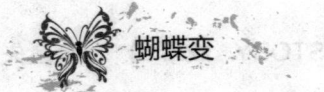

徐亚颜微笑地看着他："我喜欢你对我催眠，可以睡得那么沉。"

赵野点了点头，打开了小房间的门。她躺在床上，低胸的短裙子，半露着胸，与修长的大腿，是那么迷人。当赵野拿着光源，示意她注视着那光源，她却直盯着他的眼，然后一手钩住他的脖子。那些在暗处萌发的情欲一旦焚身，就会爆发得极为激烈。

只是赵野像是突然想到了什么，忙推开徐亚颜："不，我不能这样做，我们不能这样。"

徐亚颜轻轻地说："赵野，我爱你。"

赵野终究还是抵不过。

他们却不知道，有一双眼睛，正盯着他们。

5

徐亚颜一回到家，神情又开始变得恍惚，有时会对着粉白的墙自言自语，有时会突然对着镜子傻笑，常常令辛力觉得毛骨悚然。

凌晨两点，辛力睡得正香，突然感觉有什么冰冷的东西落了下来，随手往脸上一抹，湿湿的。他猛地睁开眼，看见徐亚颜穿着一件很古怪的旗袍坐在床上，眼睛睁得老大，神情诡异地看着他，手里拿着一个冰块，冰块的水不断地往下滴。

"你在做什么？"他打了一个激灵。

"我好热，老公。"辛力把她手里的冰块夺了过来，摸她的额头，并不烫手。他把手放在她的眼前晃动了几下，她却目光呆滞，没什么反应。

他捧着冰块，说："你看，冰块在我手里呢。"然后他往阳台走去。

"我要，给我吧，好不好。"徐亚颜直直地跟了出去。

辛力把手放在栏杆的外面："你来拿吧，你会够得到它的。"

徐亚颜把手伸了出去，差不多探出了半个身子，她说再远一点也能够得着。辛力心里一动，搬了把椅子，站在上面，把手拿得更远。他在心里冷笑，你如果够得着必定会跌下去，十楼，足以让你这个疯子毙命。只是正当他这么恶毒地想着时，背后一双有力的手把他推了下去。

辛力像石头一样地落了下去，清冷的午夜传来了沉闷的坠地声。辛力来不及思考这是怎么一回事，就脑浆迸裂了。

站在阳台的徐亚颜看了一眼下面，发出一声冷笑。

6

下午三点，徐亚颜戴着大框的墨镜，出现在赵野的心理诊所，小鸣说："里面还有个客人，不过应该快好了。"

她点了点头，摘了眼镜，点燃一根烟，坐在旁边的等候椅上，看了看四周。其实这个小挂号室，跟赵野的办公室应该是同一个房间，只是被隔开了而已，而经过赵野的办公室必须先经过这个挂号室，就如进入那个催眠室，必须经过赵野的办公室一样。赵野的办公室很大，很长，里面还有个长长的书架。

过了一会儿，一个神情看上去有点疲惫的中年女人走了出来，她便进去了。

赵野说："这里不能抽烟。"

徐亚颜却没有理他。

"辛力死了。"她吐出一个烟圈，脸离他很近，"这对你来说是好消息，还是坏消息？"

赵野的神色闪过慌乱，但是随即变得很镇定："辛力？辛力是谁，我并不认识。"

徐亚颜冷笑："不要再装了，你们的阴谋我都知道。我知道辛力早已厌倦了神经兮兮的我，所以便出高价雇你，让我来到这里，让我变得更加恐慌与害怕，想让我变成疯子，然后把我送去疯人院，或干脆把我干掉。若不是辛力提过有这么一个心理诊所，我怎么会知道？"

赵野的额头冒着细密的汗，徐亚颜继续说："我一直怀疑我怎么会有那些预知能力，后来我知道你在催眠时做手脚，放了一些照片，对我进行记忆催眠，穿暗红衣的女人，被杀的司机，还有辛力的外遇，这一切，都是你在辛力的指使之下，共同陷害于我，想让我精神失常。可惜，你们万万没想到有人会出卖了你们。"

"谁？"赵野瞪大了眼睛。

这时，实习生小鸣走了进来，双手拢在前面，低着头，像是个做错了事的孩子。

"小鸣？"

"是的，当我开始怀疑你的时候，我就收买了她。因为每次从你这里回去后，我的大脑就会出现某些更为清晰的幻觉。为了让你不再加害于我，我便色诱你，而在辛力面前，我继续装疯卖傻。"

"但是，你绝对想不到，辛力的情人是我吧？"一直没说话的小鸣突然出了声。

徐亚颜目瞪口呆地看着她，而小鸣把一直扎着的马尾辫放了下来，平静地说："现在，你是不是想起照片上跟你老公在一起的女人了？"

"不，怎么会这样，不，这是怎么一回事？"徐亚颜喃喃自语。

"你还记得那场车祸吗？你们撞上的那个女孩是我姐姐，也就是他——赵野，将要结婚的女友。我姐姐死得那么惨，死得那么无辜。我就要看着你们怎样变心，又怎样互相残杀。"

徐亚颜脸色变得极为苍白，她惊恐地捂住了嘴："不……"

徐亚颜尖叫了一声，想跑出去，而门却被关得死死的。她使劲地拍打着那门，但无论她怎么样都无济于事。

"不用费力了，这门是遥控的。"小鸣拿着一个遥控器，开了又瞬间关上，然后她丢下遥控，拿出了一个装满白色液体的针筒。

徐亚颜的身体被赵野死死地压住，而小鸣拿着注射器，一针就扎进她的肌肉。

此后，常常有一个短头发的女人，裹着一条破旧的毯子，疯疯癫癫地在街上笑着，叫着，哭着，奔跑着。

某天，赵野看着神经失常的徐亚颜，心里觉得很愧疚。虽然，她与辛力会有这样的结局可以说是咎由自取，倘若当时撞人后他们没有逃跑，或许他的女友还有救，而辛力也不会死，而徐亚颜现在也不会疯。

他把徐亚颜送到精神病院。回到家后，他想，晚上应该可以睡个安稳觉了。这时，门外响起了一阵敲门声，赵野打开门，两名警察站在了自己的面前。

STORY 故事11 血樱

　　每次若安出差的时候，她都会听到这种琴声，时间不多一分钟也不少一分钟，十二点整。

1

　　姚梦脸上的残妆有点惨不忍睹，她知道，再娇美的容颜也经不起熬夜的摧残。她跌跌撞撞地回家，因为喝了过多的酒，一到家就拧开水龙头洗了脸，然后就躺在床上睡下了。

　　朦胧中，她听到钢琴声在响。开始，她以为自己是在做梦，后来，当她意识到这琴声是从隔壁的房间里传出来时，她一下子惊醒了。那钢琴很久没人动过了，而且这套房子里现在除了她没有第二个人，怎么会有人弹钢琴，她的脑子一下子炸开了，难道是若安回来了？不，不可能。他弹不出这么完整的曲子，那么是姝姝？她打了个寒噤，摇着头努力摆脱这种想法。

　　当她再次屏息静听这声音时，那琴声突然就消失了。

　　她拿起手机，看看上面的时间，十二点整，她准备去隔壁房间探个究竟。

　　那房间她一直锁着的，这房子是她一直在国外的姑妈留给她的，每年她都会收到一封姑妈来自新加坡的信。所以，除了她和曾经租过房间的姝姝有过钥匙，还有若安，就没有第四个人了。但是，若安昨天刚刚去了上海，是她送他到机场的。

　　当姚梦把钥匙插进门的时候，听到了一声碎琴音，她哆嗦了一下，然后猛地打开门，尖叫了起来："谁在那里？给我出来！"

　　但是，里面空空如也，除了一架被打开盖子的钢琴。而窗口的帘子在动，风吹过来，像一只猛兽在喘息，她吁了一口气，去关窗，顺便看了一下窗外，只见窗底下，两棵晚樱肆意地开着粉红色的花，绚烂得不遗余力，仿佛要把一生的美丽都开尽。

　　但是，她的心情却没有轻松起来。自从妹妹死了后，这个房间尘封了，没有人进去过。她记得最后一次锁上它的时候，她特意环顾了这个房间里的一切，窗全部关上了，钢琴也盖着，上面还盖了一条披布。

　　而那条披布被风吹到地上，风大可以把窗吹开，但再大的风怎么可能把钢琴的盖子给翻开。

　　她的眼睛突然瞪得很大，她注意到琴盖上有着五个暗红色的指印。

2

　　一年前的夏天。

　　妹妹拖着一个支箱，投奔姚梦的时候，她说的第一句话是："我很喜欢这座房子，在你的博客里看到，它清静得像一座遗世独立的小岛，你没有理由拒绝一个喜欢它并喜欢你的女人。"

　　当时，姚梦十分不解，她不知道这个女人是怎么找上来的，她看上去有点眼熟，却想不起在哪里见过。她再次仔细地看着她，一身黑色的半裸肩裙子，露着两块美丽的锁骨。她喜欢这个女人，而且，一个人住这么一幢房子，真的很寂寞，于是她答应了妹妹的请求。

　　当妹妹发现她家的钢琴时，就直接坐了过去。那是她姑妈留下的，太笨重了没带走。妹妹弹了起来，弹的是那首克莱德曼的《水边的阿狄丽娜》。当时姚梦就愣住了，因为，这首曲子她是最熟悉的，她姑妈在家的时候，弹得最多的就是这曲子。

　　有一天，姚梦梦到了姑妈坐在她的床前，不停地哭泣，她说自己被人杀死了。当她惊醒过来，发现自己身边坐着妹妹。她慌乱地看着她："你怎么在这里？"

姝姝说："我听你在叫，叫着姑妈什么的，我以为你出什么事了，就过来看看你，你做噩梦了。"

姝姝的目光带着怜惜与关切，她给她倒了一杯水，喝下去之后，姚梦便沉沉地睡去。这一次，姚梦并没有做梦。

3

姚梦是在夜总会认识若安的，若安有一张俊朗而不羁的脸，有几分像明星陈坤。

姝姝给他们作介绍，若安是音乐监制，在城里有点名气，姚梦一向很欣赏搞艺术的男人。第一眼见到若安的时候，她的眼睛就再也没有离开过他，他身上有一种若即若离，漫不经心的气质令姚梦极为之着迷。

当姝姝带他回家的时候，她才知道他是她的情人。他们没进房间，就靠在门口的墙壁上亲吻，而若安眼角的余光像梦一样地飘了过来。姚梦赶紧关上了自己的门，心跳加速。姚梦突然间发现自己很恨这个女人，恨她拥有自己一见钟情的男人。

姚梦无法入睡，好长时间，因为困极，便陷入了半梦半醒的状态。而此刻，她房间的门突然响了起来了，很沉稳的敲门声，她颤着声问："是谁。"

一个男人浑重的声音："是我，若安。"

4

姚梦走进姝姝的房间，惊呆了，只见姝姝被绑在椅子上，嘴巴里塞着条毛巾，她双目圆睁，看着若安，眼睛似乎要喷出火来。

"姚梦，她想杀害你，她今天叫我过来是为了一起除掉你的，但是，她做梦都没想到，你姑妈一直派我保护你，当她知道这个女人住了进来，并有害你之心，我便千方百计地接近了她，果然，她一心要除掉你，这样，她就可以独占这幢房子，以及这房子里的收藏品。"

"收藏品？"

"是的，你姑妈一生最大的爱好就是收藏古玩，难道你不知道？"

姚梦想了一下，以前确实有很多，因为她父母在一场车祸中死去，她一直跟姑妈生活。后来那些古玩也不见了，而姑妈去了新加坡。现在想来，这些东西肯定是藏在某一个地方，因为，那么多笨重的东西，她也带不走。

但是，姚梦有点迷惑的是，如果姝姝真有杀她的心，除掉自己应该很容易，为什么非要人帮忙？

姚梦的目光掠过那架钢琴，它永远像一座小山一样沉默而笨重，她想起了姝姝曾弹着姑妈最喜欢的曲子。

她直直地看着若安："那么，我姑妈现在在哪里？"

"你姑妈过段时间就会回来，她想把那批东西转手掉。"若安笑了，他笑起来的样子很好看，嘴角扯开，有两个小酒窝。

姚梦看看因过度挣扎而显得疲倦不堪的姝姝："那么，她该怎么办？"

若安笑的还是那么好看，但是他说话的声音却没有一点笑意："杀了她。"

5

姚梦醒过来的时候，阳光很刺眼，她回想起昨晚发生的事，感觉像是做了一场无比冗长的梦。

她猛地冲进了姝姝的房间，只是里面凌乱不堪，并有着残留的暗红色

的血迹。她想起昨天，当若安说杀了妹妹的时候，她昏了过去。后来发生什么，她就不知道了，她也不愿意看到那些可怕的场面。

她打开窗，只见那两棵晚樱开得更加娇艳，泥土里，似乎比往常来得暗红。她想起了作家渡边纯一描写樱花的话："花瓣细碎而繁盛，重重叠叠，开得过于努力和拼命，反而给人一种疲倦的感觉，如同鲜红的血液。"

她闭上了眼睛，她知道，此刻妹妹一定成了晚樱的养料，每当想起那张绝美的脸，姚梦就觉得心很痛，想起了她们共同度过的时光。是的，她那么美丽，却过早地凋零。

后来，姚梦把这个房间给锁上了，因为，每次经过这个房间，她总感觉妹妹端坐在钢琴前，手弹落在琴键上，但是，却听不到音乐。她感觉她的魂魄在这个房间里飘荡，仿佛从来不曾离去。每次想到这里，姚梦就会心慌得要命，所以，她把这个房间封掉了。

而若安成了姚梦的男人，他温柔体贴，俊朗而博学，完完全全地俘虏了姚梦寂寞的心，姚梦甚至给了他这幢房子的钥匙。

只是奇怪的是，自从有了若安相伴之后，她每个夜里都睡得很深，这并不像睡眠本来就有障碍的自己，而且很容易失忆，有时候，她拿起一把刷子，想了很久，也想不起自己拿它到底要做什么。

某个晚上她把若安给她热的牛奶偷偷倒掉，假装睡得很沉，只见若安很快就起床，披上外套，出了房间，然后她听到了某种很剧烈的声音，那是锄头撞击墙壁与地板的声音。姚梦全身都在颤抖，她隐隐约约地感到，或许妹妹是无辜的。

6

姚梦再一次听到《水边的阿狄丽娜》的钢琴声。

每次若安出差的时候，她都会听到这种琴声，时间不多一分钟也不少一分钟，十二点整。

姚梦痛苦地塞住了耳朵，那声音还是很坚定地传了进来，没有往常的优雅与欢乐，却透着很深很沉的悲伤。只有妹妹才会把这曲子弹得这么悲伤。

姚梦感觉自己快要崩溃掉了，她颤抖着手，给若安拨电话，除了若安，她不知道还能打给谁，她突然间为自己感到悲哀，这该死的深宅。

在长长的嘟声之后，终于通了，姚梦急切地说："若安，你在哪里，你快回来，我怕。"

但是那边没有任何回音，似乎只有风吹过，发出偶尔轻微的呼声，她有了一种不妙的预感，她感觉全身的血液慢慢地冷却下来。

手机里阴冷寒碜的女音，仿佛来自地狱，一字一顿："姚梦，拿你的命来吧……"

姚梦的手机"啪"的一声断掉了，而隔壁的琴声突然变成了凄厉的哀鸣。

姚梦突然手舞足蹈地哈哈大笑，拿起一个装满了纸星星的盒子四处抛撒，一边撒一边唱：一闪一闪亮晶晶，满天都是小星星。

姚梦疯了。

7

姚梦被送进疯人院。

若安开始肆无忌惮地搜索这幢旧房的每一个角落，连院子里的杂物小间都不放过。好好的房子，变得惨不忍睹。但是，他找遍了这房子，都快要把它给拆掉了，还是找不到那些收藏品。

若安坐在院子里，两棵樱花树的中间。连日来的搜索与挖掘使他看起来疲倦而憔悴。

这天的阳光很好，晚樱却开始纷纷凋零。他盯着樱花树发呆，视线从树上落到了落花铺满的地上，他突然想，何不在树下挖挖看。

于是，他开始在左边的那棵树旁挖掘，挖着挖着就碰到一块很硬的东西，他心里一阵狂喜，果然是一块很大的木板。当他把木板撬开，眼前一亮，里面是一个小收藏室，有各种古董玩物与闪亮的珠宝。他终于成功地得到这些宝贝了，内心一阵狂喜。但他想既然找到了宝物，就不急于这一时了。他先把这些东西盖上，然后看了看右边的那棵树，这两棵树相距十米左右。或者，这里也埋着宝贝。

若安干脆一不做二不休，又开始挖了起来。他并没有失望，因为这次，他又挖到了一个木盖子，虽然这盖子跟上一个是不同的。只是当他打开那盖子的时候，一阵恶臭扑鼻而来，赫然是一具深度腐烂的尸骨。

若安后退了一步，他突然感觉头上顶着什么东西，很硬。

"你说过，我们只要那些古玩。"

若安听出是姝姝的声音。

是的，姝姝并没有死。接近姚梦，并用古怪的琴声与手机里的声音逼疯她，取得这些古玩是他们共同策划的。

若安说："放下枪吧，我们好好说，这个女人是姚梦的姑妈吧，是你杀的？"

姝姝又一次冷笑："她该死，骗了我爸爸的全部古玩。爸爸临终时才对我说的，所以我易了妆在这里做了一段时间的保姆，我威胁她，但她不说，一怒之下我把她给杀了，埋在了这里。对那个女孩子说，她出国了，每年伪造她姑妈的笔迹给她写一封信，邮戳也是伪造的。但是，我始终找不到那个老女人到底把东西放在了哪里，所以，我没有杀那个女孩，可能她会知道，所以借你之手，找到它们了，现在，你的任务也完成了。"她的声音越来越阴冷。

若安全身颤抖："不，你不会这样做的。"

妹妹却笑了："所有知道秘密的人必须去死，本来我不想杀你了，偏偏你挖到了她，所以，我要将你们成为永远的秘密。"

她的手指将要扣动扳机的时候，却听到背后响起了严厉的声音："住手，你们全被捕了。"

回头，只见姚梦站在那里，一脸的冷静与沉着，完全不像一个疯子。

而她的身后，站着一批警察。

8

原来姚梦发现房间全被挖得惨不忍睹，她便明白了若安的居心不良。

开始，她仅仅以为他是财迷心窍。但是，那些琴声，让她感觉到妹妹并没有死，事实并没有她想得那么简单。当那晚，她听到那诡异的琴声时打若安的手机，她听到了那熟悉的手机铃声，虽然那声音很轻。她也明白了，若安所谓的出差都是假的，他就在这幢楼里，如果她不装疯，可能会死于那一夜。

若安送她到疯人院的时候，她马上报了警，其实这几天这深宅都有人监视着。而若安一心找古玩，浑然不觉。

姚梦把姑妈的尸体安葬好后，她把那些古玩全献给了博物院。

当她站在那两棵樱花的中间，花已开尽，枝上长着翠绿而茂密的叶子。她看着它们，喃喃自语。

春天，过去了。

STORY 故事12 诡迷心窍

这个女人原来比恶魔还可怕，我该怎么办？

1

若不是房间里那令人窒息的难闻气味，我以为周琳睡着了。

因为，她看上去脸色粉嫩潮红，长发像水藻一样摊散开来，几乎盖住了她半个身子，穿着一件白色的低胸睡衣，若隐若现的胸在长发之间，白皙如玉。

我冲了进去，打开了窗户，把还没有完全熄灭的碳用水熄掉。此时，看到地上有本完全自杀手册，翻开的那一页里，有着"烧碳"的字眼，我叹了口气，便抱起周琳往医院赶。

"你怎么就这么傻，怎么会想不开，你不要死，琳琳。"我悲痛欲绝地喊着。

可是，周琳还是死了。

"阿东，你知道人要怎样死去，才是最美的？"

当我站在她的遗体面前，想起了她曾经问过我的话。

"煤气中毒或烧碳吧。"我不经意地答道。

她疑惑地看着我："你怎么这么清楚？"

"我是在网上看的，有的人经历过。"然后我顺手把手里的那本完全自杀手册递给了她。

她若有所思地点了点头，但我绝没想到，她真的会选择这种死法。虽然，她知道自己活不长了。

她的肌肉以一种可怕的速度萎缩，谁都治不好这种病，到时候，她会像一个奄奄一息的老太婆一样难看地死去，这是一向追求完美的周琳怎么也无法接受的。

"你不要兔死狐悲了，这是最美丽的死亡，连我都有点向往。"

赵玫玫不知何时已经站在我身后，一身黑衣，一头浓黑的头发，黑白分明的眼睛，她走路的时候总是悄无声息，而且总是神出鬼没。有时候，我怀疑她早就死了，现在只是赵玫玫的幽灵，事实上，她却是个活生生的女人。

2

但是，自从周琳死了之后，我每天打开门时都会产生幻觉。

她还躺在床上，长发依旧很美，但是，肌肉却是恐怖地萎缩着，像一只干瘪的木乃伊，眼睛睁得老大，眼球里布满鲜红的血丝，仿佛直直地盯着你。每次，我都会被自己的幻觉吓一跳，我不知道，自己是怎么了。

所以，我决定把房子卖掉，另外买一处。

新房子是赵玫玫找的，二手的，一百四十平方米，外送一个四十平方米的阳台。当时，我看房子的时候，就看中了那个大阳台。

"我们可以在这里种很多的花，你看这个破秋千架，咱重新弄个新的，再搞一些藤蔓植物，爱在上面，晒晒太阳，看看书，品品茶，那一定很惬意。你啊，工作都快让你变成机器人了，每天都绷得紧紧的，该安逸一下了。"赵玫玫欢快地说道。

她的建议倒是投了我所爱，而且我一直向往着有这么一个阳台，我含笑地点了点头。

于是，搬进来之后，一有空闲，我就开始装扮阳台，把阳台上本来就有的几盆要枯死的植物进行了抢救，还添了几盆花。

"叔叔，你在干什么？"

那天我在弄秋千架的时候，旁边突然响起了一个细小的声音，吓了我一大跳。

抬起头，却见一个五六岁的小女孩站在隔壁的阳台上，扎着两个冲天辫子，很可爱，我舒了口气。

"叔叔在弄秋千呢，以后咱俩就是隔壁邻居了，对了，你叫什么名字呀，小姑娘？"

"我叫琳琳。"

"琳琳？"我差点把锤子打到手上，我仔细地看着这小女孩，眉目之间，竟然有点像周琳。不，这只是凑巧而已，小孩子，看谁像谁，不奇怪，我这么说服自己。

"叔叔，你知道吗，那个阿姨以前在这里住过。"

我疑惑地问："哪个阿姨？"

"就是刚才跟你在这里的呀，我要下去吃饭了，叔叔拜拜。"

我心里"咯噔"了一下，赵玫玫以前在这里住过？如果是真的话，为什么她还要这房子？如果不是这样，小孩子怎么可能说谎，也没必要说谎啊，我跟她又不认识。

这时，赵玫玫系着一条围裙上来，俨然是一个家庭主妇。我们地下情了这么久，现在，也终于可以光明正大地在一起了。

"亲爱的，吃饭啦，看我给你烧的什么菜。"她叫道。

我捏了一下她的脸蛋："你呀，又使坏心眼了是不是？"

我一看菜还真是壮阳系列:韭菜炒蛋，芥末牡蛎，油焖大虾，鲇鱼汤。

但是，我想起那个小女孩的话，虽然，我觉得小孩子的话也不必放在心上，但是，这事儿也挺奇怪的。

"玫玫，我们这楼是最高的，你说下雨天会不会漏水，我有点担心。"

她笑着说："怎么会呢，人家住了几年都没事。"然后她像是想到什么，补充道："是这里的前房东说的，可不是我说的。"

"噢，原来这样。"我装作不在意地夹着菜，大口地扒饭。

很明显，欲盖弥彰。看来，那个小女孩并没有说谎。

3

　　我背地里向房东调查一些资料，这房子原来一直是租给别人的，而租的人是一个男人，三十二岁，在一金融系统上班。房租是一年交一次，打卡预交的，所以其他情况房东也不怎么清楚。

　　那么，这个男人应该就是赵玫玫以前的男人，但是我不懂，为什么赵玫玫会喜欢这房子，难道是旧情未了？就因为这里面有她与那个男人的影子，她无法忘掉，并无限怀念，所以，喜欢依旧呆在这里？而我却稀里糊涂地满足了她的这个愿望。

　　这成了我心里的一个疙瘩，但我又不能说出来，房子都已经买了，换个房子，几乎已花光了我所有的积蓄，我不可能再把它给卖掉了，而我只是一个级别不高的机械工程师，拿着固定的工资，有多少钱都能算到。而且买之前，我也是看过的，怪得了赵玫玫吗？

　　房子还是比较新的，所以也没有重新装修，我也不想在这上面费钱了。那天，下班之后，我给自己泡了一杯茶，不小心碰倒了，弄湿了地毯。我把地毯揭了起来，竟然看到一滩早已干涸的血迹，东一滩西一滩，满地都是，我沾了点血闻了一下，应该是人的。我全身哆嗦了一下，突然很想找那个小女孩说话。

　　我去了阳台，在阳台上等了很久，那个小女孩终于出现了。这女孩真像一个小魔女，我一直想用适当的词语来形容她，但是最后只能选择小魔女这个称呼。

　　"叔叔晚上好，你在等我吗？"

琳琳把脸贴在隔壁的铁艺栏杆上，乌溜溜的大眼睛，看上去那么天真无邪。

"你这个小鬼，自以为是。"我笑着捏捏她的鼻子。

她调皮地眨了眨眼睛："叔叔，我再告诉你一个秘密，以前住在这里的那个叔叔，后来死了。"

我差点跌了一跤："你说什么？死了？"

"嗯，是的，叔叔，你先答应我，不要告诉别人，我很害怕，你知道这事我没有告诉过别人，可是，放在心里好难受。"

"琳琳乖，叔叔发誓，一定不告诉别人，这是我们两人的秘密，好不好？"

琳琳点了点头："那天我一个人在家，阿姨与那个叔叔不知道为什么吵架了，我贴着最近的房间听，他们吵得好凶，好像还打架了，后来我看到他们来到阳台上，那个阿姨把叔叔推下了楼，那叔叔就死了。"

"叔叔知道了，叔叔累了，要进房休息去了，你也回屋去，好好休息，好不好？"此时，我的大脑一片混乱。

"好的叔叔，但你别把我们的秘密告诉别人噢。"

"乖，叔叔知道了。"

一进屋，我感到全身脱虚，我不相信赵玫玫是这么可怕的人，但是，她为什么要带我来这里，并在这里生活？

4

我感觉这里比原来住的地方更可怕。

在那里，虽然我脑子会出现周琳萎死在床上的幻觉，但这里，那个跟周琳同名的小女孩，还有赵玫玫不可告人的秘密，成了我更难捱的梦魇。

那天晚上，我竟然梦到周琳又活了过来，她缓缓地向我走过来，说："你陪我死好不好，我一个人在那地方真的好寂寞，我们一起走好不好？"

我惶恐地后退，转身却看到赵玫玫站在那里，她大声地喊："不可以，他是我的，要走也跟我走，我要让他死在我的手上，我要让我爱过的所有男人都死在我的手上，哈哈。"

"叔叔，你还是跟我走吧，她们都是坏蛋，我带你去天堂。"这时，那个叫琳琳的小女孩出现了。

我退到了窗户外，被三个发了疯的女人撕扯着，然后把我从窗户里投了出去，外面是无限深邃的黑夜。

当我醒过来的时候，我发现自己全身是冷汗，此时，再也无法入睡了。我看了看身边熟睡的赵玫玫，感觉她是那么的丑恶与恐怖，这个女人原来比恶魔还可怕，我该怎么办？

不知不觉中，我又走向了阳台，十二楼的阳台，向下望去，是空空荡荡的无限空间，这空间没有绝处逢生的侥幸。此时，我看到地上竟然有个仰面向上的男人，圆瞪着眼，脑后是无限漫延的鲜血，像条小河一样地流淌着。

我知道，我的幻想症又犯了，但是两年之前，可能就这么躺着一个男人，那是被赵玫玫的双手推下去的。

两年之后，会不会是我？

正当我心里升起这个可怕的疑惑时，我发现赵玫玫已经悄无声息地出现在我的背后："你怎么了，是不是又睡不好？我也睡得不安稳，醒过来你不在，在这里找到你了。"

她的脸上满是关怀的表情，我觉得一阵反胃，但还是强作镇定，说："没什么，睡不着，我就在这里散下心，看看月色。"

她看了看天空："今天没有月亮呀，你怎么了，额头上都是细汗。"

她伸出了手，我紧张地摇了摇头："没什么，有点热。"

但她还是靠近我，我只能靠在杆栏上，此时，脑中尽是她把那个男人推下楼的情景，我再也顾不得那么多了，如果我不反抗，那么现在死的就是我。

我的双手掐住了她的脖子："赵玫玫，你这个心如蛇蝎的毒女人，如果你不在周琳重感冒的时候，每天给她注射药物，导致肌肉萎缩，给她弄假证明，她怎么可能自杀，还弄了本完全自杀手册让我送给她，为了跟我在一起，你杀死了你的前男友，现在，你又想杀死我是不是？"

在她还没断气之前我一把将她推下了楼，她的长发在空中飞舞着，然后又在地上摊了开来，姿势很美，但样子很难看，比周琳难看多了。

我想，一切都该结束了。但是，当我看到隔壁阳台上那小女孩的身影，我有预感，这一切并没有结束。

5

经法医鉴定，赵玫玫是坠楼身亡，我的口录词是：我不知道她为什么半夜三更会跑到阳台上，那时候，我还在睡觉。

我悲伤欲绝的表情，骗过了这些人。他们走的时候，小女孩也没有出现。我想这事终于可以结束了，周琳的灵魂也可以安息了。

不知不觉中，我再次鬼迷心窍般地出现在阳台上，突然非常想见那个小女孩。

此时，出现在阳台上的是一个气质优雅的女人，而不是琳琳。

"琳琳呢？"我问道。

她哈哈大笑："琳琳？你说的是那个我聘请回来，跟周琳长得有点相似的小孩？她的演技很不错吧。"

"什么？小孩？你在说什么？"我举起了手，想给她一巴掌，但是没够着。

"我早就怀疑，我表姐周琳之死跟你们有关，她是不会轻易自杀的，你们却利用了她极其追求完美的性格，把她给毁了。"

在幽暗的光线下，她的表情极为诡异，她说的每一个字在深夜里都非常清晰："其实这房子是我千方百计先说动赵玫玫，然后再让你们买下来的，她根本就没住过这里，关于那个男人，完全是子虚乌有，还有我想告诉你，这房东也是我朋友，那地毯下的血是他弄的，不过，是狗血，更傻的是，你怎么会这么相信一个小孩子的话，她才几岁，能记得这么清楚几年前的事？可是，你就这么相信了，真是做贼心虚。"

此时，我的脑子里一片空白，我已经完全丧失了思考的能力。

而这时，这个女人的声音再次响起："我已经把你推赵玫玫下楼的录像拍了下来，刚刚给他们传了过去，不出十分钟，他们又会重新出现在这里了。"

我看着女人渐渐消失在阳台的身影，木然地站在那里，这时，凌乱的脚步再次在我的房间里响起，我的脑子里只有六个字——自作虐，不可活。

STORY 故事13 口红魅影

　　精神病院里，何丽目光呆滞，对每一个进来的护士说："我给你抹口红，好不好，这次，没放毒，真的没有……"

1

罗华一个人在一直下着雨的夜里，连续看了七集韩剧，最终感到索然无味，便躺下睡觉。

恍恍惚惚地梦着，韩剧里女人的脸突然变成了沈紫末，凄凉地流着泪，嘶哑地乞求着："罗华，不要离开我，请不要离开我，我真的不能没有你……"

这时她的手里突然多了一把利刃，向他刺过来。

他"啊"的一声尖叫着，然后昏迷过去。

当他醒来时，却发现房间里没其他人，门也完好无损地关着。只是窗户开着，外面的风雨有点大，传来雨点打在玻璃窗上，风吹动树叶的沙沙声。这时，窗帘动了一下，仿佛有什么东西要出现。他害怕得全身发抖，好大一会儿才让自己镇定下来，去把窗户关上。

而后，他怎么都睡不着，那张抹着深紫色口红的女人的脸总是从他的脑子里跳出来，让他无法安眠。他感觉那绝对不是幻觉。

2

罗华去机场接女友何丽，她在上海上班，刚回来。而罗华却在杭州，他们过着两地分居的生活，但他们很相爱。

何丽看着他的脸，心疼地说："你憔悴多了。"

他躲开她的眼光，说："这几天韩剧看多了。"

"都不知道，你还有这个爱好呀。"何丽笑了，刮了一下他的鼻子。

放下行李，罗华迫不及待地给了她一个深吻。末了，何丽轻轻地推开他，对他妩媚地笑："我去洗个澡，等我。"

罗华躺在沙发上，送迷糊糊地睡去。

他看到了一个女人穿着白色的裙子，鬼魅般地一步步迫近。

何丽拼命地摇醒他："你怎么了？"

他发现，原来这只是个梦，只是他已变得神智恍惚，搞不清这到底是梦还是现实，浑身冒冷汗。何丽拿着纸巾，把他额上的汗擦去。

"何丽，我真的好害怕。"

"害怕什么？"

"沈紫末的鬼魂索命来了，我真的看到了。"

"那是你心理作用，不要怕。"何丽嘴角露出一丝不易觉察的笑。

当他想亲吻何丽的时候，发现她竟然抹上了深紫色的口红，与梦里女人的口红一模一样，他僵在那里，全身发冷。

"你的口红？"

"我刚抹上去的，刚买的，好看不？"

罗华神经质地叫着："不！"

3

罗华突然想起两个月前认识一个叫娟子的女孩，他开始怀疑这些奇怪的事跟她有关。

那天罗华照例去一家快餐店吃饭，没有何丽的日子，他的晚餐通常就是这样打发的。

他埋头吃饭的时候，感觉有个人坐在他对面，长发一扬一扬的，他不禁抬起头。他浑身一颤,手中的筷子落地。这不是沈紫末吗?细长的眉毛,秀气的鼻,还有小厚唇,多像沈紫末啊。

对面的女孩却对他嫣然一笑:"我常看到你一个人坐在这里吃饭。"

他的笑容僵在那里,他想起了沈紫末。

沈紫末是他的前女友,也是他的初恋,他当然没有忘记她曾为了给他交学费拼命打工,以致好几次都累倒在工作岗位上。但是后来,他发现他们在一起有着很大的思想差距,就分了手,他知道这样做很残忍,但如果他们真的在一起,他也不知能带给她多少快乐与幸福,因为他已经不再爱她了。爱情有时就这么残忍与短暂。后来,他认识了何丽,就绝决地断了跟沈紫末的关系。

他把娟子带回家,只因她跟沈紫末太像。跟沈紫末分手的时候,她捂着脸冲出去后,他们再也没见过面。所以在心里,他一直愧对于她。

他只是想让她陪他说说话,或一起看看电视,打发一下寂寞时光,想不到这个女孩竟然像蛇一样缠上他,让他欲罢不能。然后他跟这个女孩呆了三天。

三天过后,娟子却神秘失踪,没有留下只字片语。

4

警察找到罗华的时候,罗华有点虚脱,梦里的情形难道真的变成了现实?当警察小刘说沈紫末死了的时候,他感到震惊与悲痛。但沈紫末死的那天,他在上海,与女友何丽在一起,飞机票和何丽可以作证。

这时,罗华却看到了娟子,穿着白色的裙子,悄无声息地站在那里,嘴唇上的那团紫触目惊心。

罗华两眼发直,呆呆地看着,半张着嘴,却说不出话来,好大一会儿,叫道："鬼啊。"

小刘与同事小林朝他看的那个方向望去，然后面面相觑："什么鬼？"

罗华揉了揉眼睛，发现那里什么都没有。他自己都怀疑自己是不是出现了臆想症，或精神失常，搞不清事实与幻觉。

他瞪着眼睛，心惊胆战地对小刘说："我分明看到一个穿白裙子的女人站在那里，抹着紫色口红。"

"紫色口红？"小刘看了一眼小林，对罗华说，"你认识那个白裙女人吗？"

罗华的模样更加恐怖："她就是沈紫末……"

"你确信是她？"

"是的。"

小刘拍了一下罗华的肩膀，给了他一张名片："有什么事情找我们。"

于是他们马上回到沈紫末生前的房间，看到一套很新的化妆品，其中一支是带着珠光的紫色口红。

小林看着这支口红，有点迷惑："难道这里面会有什么玄机？"

据沈紫末的小姐妹们反映，沈紫末生日的那一天，罗华用快递寄了一套化妆品给她。其中包括这支口红。为此，她开心了好几天。

既然他们分了手，为什么罗华还送这套化妆品给她？而让罗华产生幻觉的，正是抹紫色口红的女人，这其中必有名堂。

小刘对小林挥了挥手："走，去找罗华。"

5

上海，一座法式公寓里。

何丽给罗华打了个电话，然后把头发扎起来，放在脑后，便换了睡衣，去卫生间准备洗澡。

她关上卫生间的门，却发现镜子后面的浴帘在动，然后从镜子里看到一张惨白的脸，涂着深紫色的口红。

她一动不动地站着，幽幽地说："何丽，是你让罗华离开我，为什么你要这么做？你爱得比我深？"

她一步一步地接近，眼睛泛着绿色的光，手指慢慢地伸了过来。

何丽尖叫一声，就晕了过去。

醒来后，何丽精神失常，嘴里喃喃自语："深紫色口红，深紫色口红……"

6

正在他们赶到罗华的住处时，却看见一个身影从窗口跳了下来，落在一个阳台的雨篷上，发出几声沉闷的声响，然后打了个圈，笔挺地落在地上。他们忙跑上去，正是罗华。

他们迟了一步。

这时，他们马上抬起头，发现打开着的窗口，一个白色影子一闪而过。他们一个叫救护车，一个跑到楼上，却没找到那个白色影子。

想不到线索再次中断。

这时小刘注意到罗华的手中始终攥着什么东西，掰开来，原来是几张纸片，确切地说，是撕掉的照片。他把照片拼好，是沈紫末与一个女子的照片，但现在这张只是照片的一部分。难道，这个神秘的女人跟沈紫末有关？或者跟罗华的死也有关？

侦破工作陷入了困境，线索再一次中断，唯一留下的便是这张残缺的照片。

7

　　他们再次去沈紫末的住处时，找到了她的影集，其中很多都是她跟一个女子的合照。那个女子，长得跟沈紫末有几分神似。

　　令人兴奋的是，他们找到了一张跟残缺照片很像的一张，把它们放在一起，竟然一模一样。

　　据沈紫末宿舍的女孩说，照片上的女子，叫沈娟子，在沈紫末死去后秘密失踪，她是沈紫末生前最要好的朋友。她们一同出来打工的，而且因为是远房亲戚，所以长得也有几分像。

　　当他们要去找娟子的时候，她却自己找来了。

　　这个脸色有点苍白的女子目光闪烁着，坐定的时候，她问小刘："你有烟吗？"点上一支后，她的手分明在颤抖。

　　吐了一口烟后，她才镇定下来："我是来自首的。"

　　"这一切都是你设计的？"小刘问道。

　　娟子愤愤地说道："我不能忍受好友沈紫末为了罗华拼命赚钱，供他上学生活，整整用了四年时间为他牺牲一切，最终他却弃她而去。她几次想自杀都被我发现，那时我就有为友报复的念头。而沈紫末还是三番五次去找罗华，她哭着求他，她不能没有他，而换来的却是不近人性的冷漠。面对沈紫末的悲痛，我无能为力，那时，我感觉自己真没用，我们情同手足，看着她那么痛苦，我却什么都做不了。那时我就开始跟踪罗华，企图在他们之间寻找转机，却发现了他与何丽已在一起。"

　　顿了顿，她接着说："沈紫末的生日那天，罗华却出乎意料地送了套化妆品给她。为此，她高兴了好几天，她说过几天罗华会来找她的。他们会重归于好。我很怀疑。但是我看她那么高兴，也不便说什么。她是第二天才用这套化妆品的，她说她还真舍不得用，希望永远放着，闻着，就满足了。我说那会过期的傻妞。她化完妆后就高高兴兴地去上夜班了，她还在一个餐厅做兼职服务员。她说现在虽然不用拼命赚钱了，但得让自己充实起来，痛苦就可以少一点。我是看着她离开的，没有丝毫的异样。但是那天，紫末却死了。我断定，她的死一定跟罗华有关。"

娟子陷入往昔的回忆中，表情痛苦至极，继续说："我与沈紫末是一起从家乡出来的，一起打工，可以说是患难之交，彼此相依为命。当然，我也知道她爱罗华，爱得真切，她是为了他拼命赚钱的。那个男人，我在照片上见过，感觉他是不会真心对她的，但她就是执迷不悟。从沈紫末的谈话里，与后来的跟踪，我对罗华已相当了解，包括他的习惯。为此我去那个他常去的快餐店，造成对他一见钟情的样子。然后混进了他家里，偷配了他的钥匙，没想到，他家的钥匙跟她女友的钥匙竟然是连在一起的，这也省了我不少功夫。于是，我按紫末生前喜欢抹紫色口红的习惯，把他们给吓病了。只是不想罗华因过度惊恐从窗户跳了下去。不过那也是他罪有应得，命该如此。"

这时，小刘打断了她，拿出那张照片："你不知道是这张照片泄露了你吗？"

娟子有点吃惊，她想起很多年前，沈紫末把她们之间的合照寄给了还在上学的罗华，并告诉他，这是她与她最好朋友的合照。

"这么说，他已经怀疑我了？"

"应该是，否则他不会至死都拿着这张照片。应该是当你发现他已经知道是你的时候，你才置他于死地，对吧。"

"不，不是这样的……"这时，娟子的脸色突然变得发紫，然后全身发抖。她的唇肿得像馒头。她抓着自己的脸，全身抽搐起来："口红。"

原来她用了沈紫末那支含有剧毒的口红。

8

精神病院里，何丽目光呆滞，对每一个进来的护士说："我给你抹口红，好不好，这次，没放毒，真的没放……"

小刘与小林互看了一眼，叹了口气。

罗华至死都不知道，何丽在他送给沈紫末的口红里，放了剧毒。

STORY 故事14 嫉妒

　　但那个刻墓碑的人是谁，这冰箱门上的纸条又是谁弄的，难道是叶萧阴魂不散？

1

每年的清明节，张朗朗都会来看叶萧。当然，是到叶萧的墓前。

叶萧的笑容看起来那么灿烂，眼神清亮，仿佛永远不知道忧伤，而现在，他的笑容永恒凝固了。

张朗朗每次看到叶萧的笑容总是想哭，这次，她依旧如是，她有点嫉妒叶萧，可以带着微笑离去。悲伤过后，她才注意到墓碑下面摆着一束紫色的郁金香，她的脸色突得变得很难看，难道金香来过？因为，只有她才会送这种花，因为这个女人的名字与此花同名。

当初，她在叶萧的公文包里发现了一支压扁了的郁金香，就有一种不好的预感，然后想起他那几天行踪诡异，女人特有的敏感令她的心"咯噔"一下。

自从那天叶萧请她和她的同事吃饭后，张朗朗谁都不怕，就是怕金香。因为金香虽然不是特别漂亮，却极有魅力。所以，她是趁金香出差的时候，才让叶萧请的客。

但吃到一半时，金香却风风火火地赶来了："这么好的事，竟然不通知我？还好航班延到明天早上。"

那天，她就感觉到叶萧的目光欲移还休蜻蜓点水地漂浮在金香的身上。

直到有一天，她在叶萧的手机里看到这么一条短信：老地方等你，JX。

JX，不就是金香的名字缩写吗？那时，她愤怒到极点了。而不久之后，叶萧却死了，死于车祸，那种恨却化作了悲痛，她一次次地告诉自己，叶萧的死，早就是金香早已布好的局。或者说，都是她害的。

当她想离开墓地的时候，不禁扫了一眼叶萧隔壁的那块墓碑，因为，它看起来是全新的，而且前面没有任何人来祭悼的痕迹，她不禁好奇地走近。此时，她的眼睛渐渐地瞪得很大很大，面无血色。

只见墓碑上赫然刻着三个字：张朗朗。

2

"有人想杀死我，有人想杀死我……"张朗朗失去理智般地在警察赵真灿与小吴面前一直重复着这句话。

"一定是金香，叶萧就是她害死的，现在又想害我，你看，都策划好了，一步一步地来了，一定是金香那贱女人干的。"张朗朗歇斯底里地叫道。

赵真灿是叶萧的中学同学，同时也是名警察。他叹了口气，说："你冷静点，我们会调查的。叶萧的车祸是因为刹车坏了，并不排除人为的因素。那块墓碑的事，我们调查过，当时墓地的管理员说是四月四号一大早，一个民工样子的男人抬进去的，当时他也没有在意，因为祭祀的人很多，至于什么意图就不知道了，应该是有人雇他抬进去，并放在叶萧的墓碑旁边，但那抬墓碑的男人现在都没有找到。你镇定点，我们会尽快查清。"

赵真灿他们走了之后，张朗朗依旧处于歇斯底里的状态之中，她感觉这是一个巨大的阴谋，但是，金香为什么要这样做，对她来说有什么好处，难道仅仅是因为财务总监的位置？是的，金香确实是个有野心的女人，只要她想得到的，都会不择手段。但也不至于因此动手杀人啊。难道，她知道了什么？

张朗朗非常不安，她感觉到非常烦躁，便想拿饮料喝，当她走到冰箱旁边的时候，感觉全身冰冷。只见冰箱的门上贴着一张纸，纸上是几个血

色的字：是你杀害了叶萧。她感觉脚底突然空了一下，右脚一滑，差点扑倒在地。她全身颤抖着，难道她在叶萧车子上动了手脚的事有人知道了？

叶萧死了之后，张朗朗就一直在后悔与害怕中度过，是的，她不该以这种极端的方式来报复的。但那时，她真的气疯了，她怎么也想不到，与叶萧同甘共苦了十年，最后他竟然背叛了自己。

但那个刻墓碑的人是谁，这冰箱门上的纸条又是谁弄的，难道是叶萧阴魂不散？她大声地叫喊着："是谁，给我出来！给我出来！"

但是她打开所有的房门都没见一个人影，只有窗口的风带动着窗帘呼呼地响。

3

赵真灿找到金香的时候，她刚从浴室里出来。

"你跟叶萧真的什么都没有？"

金香拿起吹风机吹着湿漉漉的头发："你要弄清楚，每个追求我的男人，并不代表着他们都能够成功。"

赵真灿忽然走到茶几旁边，拿起一个飞利浦的刮胡刀："如果没记错的话，这把刮须刀应该是叶萧的。"

"笑话。"金香突然夺过了刮须刀，"这是我现在的男友的。"

赵真灿笑着说："如果我没猜错，里面刻着一个萧字，我知道叶萧的习惯，他喜欢在自己心爱的东西上刻上名字，要不要我带回局里，把里面残留的毛发弄出来，做个 DNA 测试？"

金香狐疑地看着那个刮须刀，里面真有那么一个字，她喃喃自语："这怎么可能，明明不是他的啊。"

金香感觉自己有口莫辩："那天，叶萧确实来过我这里，但仅此而已。"

"但叶萧是在从你家曰去的路上出事的。"赵真灿的眼睛直直地盯着她。

金香此时慌乱了起来："是的，是在回去的路上出的事，但并不代表什么啊，这是车祸，谁能预料得到，这真的跟我没关系，而且叶萧的死，我也很难过。"

"还真没看出来你哪里难过。"赵真灿带着讥讽的语气，"有人弄坏了叶萧的刹车，导致了这场事故的发生，叶萧虽然是离开你之后出事的，但并不能说明你没有嫌疑，而且，你还把张朗朗的名字刻在墓碑上。"

"不，我没有杀害叶萧，也没有对张朗朗怎么样。"

不管金香怎么反驳，她确实没有不在场证据，而且，她有在车行工作过的经历，对汽车应该很熟。但是，就在锁定金香的时候，赵真灿却接到同事小吴的电话，湖滨小区有人跳楼。

那人正是张朗朗，她的遗书上写道：是我因为恨叶萧的背叛，所以在跟踪他之后，把他的车给弄坏的。

4

金香知道张朗朗跳楼后，吁了口气，张朗朗终于认罪了。

但金香总感觉张朗朗的事有点蹊跷，为什么叶萧会在离开她那里之后出事，照张朗朗的脾气，如果出于嫉妒，她应该对自己彻骨怀恨才是，怎么会舍得对叶萧下手？张朗朗对车一窍不通，连驾驶证都没有，怎么能把刹车弄坏？很有可能有帮凶。此时，金香的眼睛又盯着那把刮须刀，是的，这把刮须刀也很奇怪。

一想到这里，她就感到莫名地紧张，然后她感觉到自己的窗口有人影闪过，可能是自己过度紧张导致眼花，她马上打电话给赵真灿。

"我觉得，张朗朗还有帮凶，有段时间，我看到张朗朗下班的时候鬼鬼祟祟的，好像有个男人会来接她，那个男人总是戴着帽子和墨镜，但我不确定他们之间是什么关系。我很害怕，赵真灿，你来陪陪我，好不好？"

赵真灿在电话那边沉默了一下："好的，半个小时到。"

当金香打开门的时候，看到赵真灿呆了一下，他戴着一顶灰色的鸭舌帽和墨镜，这身装束看起来很熟悉，就在她发呆的那一瞬间，赵真灿推开了门，反锁上了。

金香后退了一步，她感觉自己的舌头突然不听使唤了："你就是那个接过张朗朗的男人，对不对？就是那个帮凶，对不对？"

赵真灿突然大笑："没错，叶萧的车子是我弄坏的，这是张朗朗要我做的。但是，她想反悔的时候，我却没有给她反悔的机会，还是把车给弄坏了。"

"不，这是为什么，你为什么要杀了他们啊？而且，那把刮须刀是你调的包是不是？你想嫁祸于我。"

赵真灿点上了一根烟，说："也就那么回事吧，我从小时候就暗恋着张朗朗，一直暗恋到高中，她却一直把我当一般朋友看待，而叶萧的出现，却令她疯狂，我实在不知道她爱他什么，论相貌，我不比他差。而且那小子穷得要命，张朗朗为了他，却什么都放弃了，还去打工给他挣念大学的学费。但这十几年来，我一直没有放弃张朗朗，一直关注着她。直到有一天，她哭着对我说叶萧背叛了他，我就必须有所行动了。"

"但是，张朗朗的死？"

他又一次大笑，端起了金香的下巴："因为你呀，有你这样的美人还要张朗朗干什么，我已经厌倦了，叶萧死了以后，她一直在自责中，而且更加痛恨我，甚至理都不理我，你觉得这样的感情有什么意义吗？我真的厌倦了，你不是一直想当财务总监吗？你应该感谢我。"

当赵真灿贴近金香的时候，背后突然传来一个声音："赵真灿。"

那声音听起来那么熟悉，令赵真灿浑身哆嗦了一下，猛地回头，却见张朗朗就站在那里，还有小吴与其他的警察同事。"

"鬼啊，你不是死了吗？这是怎么回事？"他大声叫道。

"是的，差点让你变成鬼了。"

此时，赵真灿的双手被扣上了手铐。

5

原来张朗朗投案自首前，就感觉到那个墓碑与在冰箱门上贴纸的人是赵真灿。因为，墓地很多人知道，但能在冰箱上贴纸的人只有一个，那就是当天在她家的赵真灿。她感觉恐惧，赵真灿是一心想置她于死地，于是她与警察们干脆将计就计，装死，让赵真灿以为她死了，然后就会露出马脚。

当他们带走赵真灿的时候，张朗朗看了一眼金香，转身就走。

金香跑到张朗朗的面前，拦住了她："那天的事我一定要解释一下，朗朗，我跟叶萧是清白的，那天叶萧确实在我家，我们看到彼此的时候都很吃惊。有人打电话给他说我中暑了，叫他来的。当时我们都以为有人在恶作剧，也没放在心上，然后我们就聊了一会儿。现在才知道，原来都是李真灿设计的阴谋。"

张朗朗的身子晃动了一下，像一片秋风里的落叶，她感到彻心的疼痛，原来她一直误会了叶萧，是她用嫉妒杀死了自己最爱的人。

天空中有无声的雨，一滴一滴地下，张朗朗终于控制不住失声痛哭起来。

STORY 故事15 囚境

　　我赫然看到镜子里有个古代装扮的女人，化着浓艳的妆，那个女子，分明是张小帆。

1

张小帆走的时候，什么都带走了，只留下一面镜子。

可能她也知道，我是个爱照镜子的男人，一个死要面子的男人。所以，她自己说要离开的时候，我没问理由。我说一切随她，厌了倦了就离开，她想自由我给她翅膀，她想要更好的爱情，我也会给她一条大道。

她走的时候，眼神带着怨，还有恨。我给她想好了无数种可能，她却选择了跳河自杀。

曾有人看到她在河边徘徊了很久，神智看上去有点恍惚，然后还是绝决地跳了下去。

我真不能相信张小帆就这样死了，死得这么难看。我知道，她也是爱美的，跟我一样是完美主义者。爱美的人怎么可能会选择这样的一种死法，除非，她的精神已经极度崩溃。

我久久地盯着那面镜子，这是张小帆留给我唯一的东西。这镜子是我与张小帆去附近的古镇游玩时，在一家古玩店里买的，当时，张小帆看到它是一脸的惊喜，她久久地抚摸着那面铜镜边缘精致绝伦的雕花，抚摸着那光滑的镜面，看着镜子里的自己，对我说："你看，镜子里的我是不是更漂亮了？"

我笑着说："当然，朦胧美嘛。"

但此时，古玩店的老板却很紧张地夺过这面镜子："这面清代的镜子我们不卖的，有点邪。"

"邪？"张小帆哈哈大笑，"都什么时代了，老板，我们要相信科学，你开个价吧。"

那老板犹豫了好久才卖给了我们，出的价钱也不高，所以，张小帆那天的心情非常好。

自从张小帆有了这面镜子之后，神智就有点恍惚，整个人都有点怪异，而且经常会化很奇特的妆，看起来像清朝女人。想到这里，我仿佛看到一个穿着清代服饰的女人站在镜子里，目光阴冷。我的胸口突然猛地跳了一下，把镜子推开。

我想，我应该再去一趟古镇。

2

只是想不到，这一次会碰上老同学唐凌。

我差点认不出她了。从前那个看起来普普通通，性格泼辣的女生，现在出落得如此动人。一身扎染的湖蓝色百褶长裙，腰间扣着一条精致雕花的铜腰带，头发卷过，但被随意地扎在脑后，高雅又不失时尚。

对上号之后我才把她完整地从记忆中捞出来，但对于我来说那也只是个影子，毕竟，那时候我们才十五六岁。我们拉了一会儿家常，才得知，她在这里也开了家店，卖具有本地民族特色的手工艺品，还有些刺绣。

而令我意想不到的是，唐凌的手工艺品店跟那家古玩店挨得很近，于是，唐凌便陪我一起去古玩店。

我拿出那面镜子，唐凌就叫道："这么好的东西，我怎么就没有发现？应该早点告诉我呀。"

女人就这样，我没理会她，对老板说："你说过这镜子有点邪，是吧？"

老板沉默了一下，说："据说，这面古镜是属于一个姓汪的青楼女子，她对它非常挚爱，去哪里都带在身边。这女子爱上了一个穷书生，于是她

将自己毕生的积蓄给了书生，请书生帮她赎身，但是，那个书生拿了钱就再也没有出现，她不信他是那样的人，四处去找他。后来，她发现他已经娶了别的女人为妻，一怒之下就把他们都杀了，然后自杀。血滴在镜子之上，据说沾着很强的怨气，就算血迹被抹去，但怨气不散，好几个用过它的人，据说都出事了。"

"这故事听起来有几分像杜十娘。"我沉默了良久，"我的女朋友，就那天跟我一起来买下这镜子的人，她自杀了。"

我举起镜子准备把它给砸了，却被唐凌拦下了："天啊，这么精致的古董，有这么邪吗？凑巧而已，你不要送给我了。"

她夺过镜子就跑开了，我站在那里，手足无措。

3

自从镜子被唐凌拿走之后，我非常不安，我怕她会出事，而我不想她再步张小帆的后尘，我不想同样的事情发生在唐凌的身上。所以，我决定，与唐凌保持着紧密的联系。

很快，我习惯了唐凌那撒娇的语气与她的温柔，不知不觉，唐凌好像也对我产生了微妙的依赖。

那天，我接她下班，两个人在路上散步，唐凌突然说："你知道吗？我想这一天想了很久，我们在夕阳下的江南古镇行走，黄昏的晚霞染红了枝头的柳梢，也染红了我们的脸，想象中的我们还是少年。"

我呆了一下，但随即笑了，年少的情愫，总是充满着无限的美好与浪漫。

"那么，你知道我还想象到什么不？"唐凌的眼神变得调皮，我疑惑地看着她。

"我吻了你。"她突然凑近了我，在我的嘴唇上狠狠地咬了一下，然后咯咯地笑，眼神里有着无限的甜蜜，"就像刚刚这样。"

恍惚间，我想起了年少时那段最纯真的爱恋。

此时，我拉过唐凌的手，咬住了她那粉嫩的唇，这个世界仿佛模糊了，只有我与唐凌是清晰的，我们在夕阳的古镇下久久地拥抱着，亲吻着，像一对亲密的情侣。

良久良久，我们不舍地分开，我说："在你的想象中，我是不是也这样回吻了你。"

她的双颊飘着两朵粉红，却别过了脸："就不告诉你。"

4

唐凌的言行变得越来越古怪了，越来越像张小帆以前那种神智恍惚的样子，难道这一切都是宿命，不可扭转？这镜子真的会有可怕的力量左右着周遭的人们？

午夜醒来，发现唐凌不在我的身边，抬头却发现她坐在那面镜子前。

"唐凌，这么晚了，你在干吗？小心着凉。"我问道。

她没有回答，还是直直地坐在那里，像一具雕像，我感到不对劲，于是拿了条毯子，起身向她走去。此时，我赫然看到镜子里有个古代装扮的女人，化着浓艳的妆，那个女子，分明是张小帆。

我差点叫出声来，手里的毯子掉了下来。

这时唐凌回头幽幽地说："你怎么了？"

我惊恐地指了指镜子，但此时，镜子里什么都没有，只有唐凌的脸，还有我的脸。

唐凌缓缓地说："我知道更多关于这面镜子的传说，据说，同时出现在镜子里的一男一女，如果其中一个死了，那么另一个人，就会在镜子里一直看着他。"

我后退了一步："不，这不是真的。"

而唐凌却站了起来，苍白素洁的脸在幽暗的镜子反光之下，显得诡异而阴冷："你刚才是不是看到了张小帆。"

"不，我没有，我没有……"我拼命地摇头，感觉自己的神经会突然间崩溃。

"好吧。"她终于不再追问，她接下来所说的话，却令我再也无法平静下来。

"如果有一天我死了，我会在镜子里看着你，一直看着你。"

5

这天早上，唐凌早早给我准备了早餐，豆浆加油条，还有蛋黄肉粽。

她像是完全不记得昨天晚上发生的事，依然像往常那样，有说有笑，像是个永远藏不住秘密的阳光女子。

我却忘不了昨晚的事，我不信她就这么忘了，我试探地问她昨晚的事，但是，她说自己睡着了，睡得很好，比我睡得早。

我真的迷惑了，这到底是怎么一回事，她有梦游，还是完全是那面邪镜的缘故？

我决定不能再让那面镜子出现在我们的世界。铜镜是打不碎的，我用锤子把它砸了个窟窿，再把它放进塑料袋里，扔进了小区里的大垃圾筒。当我看着那堆垃圾，我吁了口气，终于把那该死的镜子给扔掉了，然后直接去上班。

当我下班回家的时候，却见唐凌坐在房间里，穿着睡衣。

"今天这么早回家？人不舒服吗？"

她并没有回答我，只是嘴里念着几个字，当我走近的时候，才听明白她嘴巴里念的是什么"镜子碎了，镜子碎了……"

而那面破镜子豁然就在她面前，我大惊失色，问："你是怎么找到的？我已经扔掉了。"

她仍在喃喃自语："张小帆，她在看着我，看着我……"

我发了疯般地夺过那面镜子，用脚使劲地踩着，并不停地念着："它是一个魔鬼，把我的生活变得面目全非，快要把我给毁了。"

我把踩得稀烂的镜子扔进垃圾筒，说："一切都结束了，唐凌，镜子没了，我们不需要它，好好过日子好不好？"

唐凌却很哀怨地看了我一眼："镜子没了，我也没了。"

她突然像一个战士一样从窗口冲了出去，就像当初张小帆像一枚子弹一样从桥上纵身入水，那么绝决，那么勇敢。

我想，再也不会有人告诉我："你看，她在里面看着你。"

6

我拿着一束马蹄莲，来到了公墓，我所祭拜的人不是张小帆，也不是唐凌，而是一个叫莫莫的女子。

她是我的初恋，永难泯忘的初恋。我依然记得，第一次牵她的手时的激动，第一次亲她的唇，蜻蜓点水，却满心的甜蜜。我们没有进一步发展，却留给了我最初最纯洁最美好的关于爱的回忆。

父母移民的缘故，我只能弃她而去，我回来只是想知道为什么我给她写了一百六十封信，她就从来没有回过，整整十年，我只要她给我一个理由。

当我回来，她却早已不在，她哥给我看了她的日记与遗书，我才知道，她在室友张小帆与唐凌不停地欺凌之下，跳了楼。她说一个被凌辱得没有了任何自尊的人，不会再有活下去的勇气了。十年前，她有死的决心却没活的勇气，十年后，张小帆与唐凌同样有了死的决心。

此时，古董店的老板也出现了，手里同样拿着一束马蹄莲。他是莫莫的哥哥莫大伟，同时，也是一个心理学家。当我带张小帆与唐凌到他那里之后，他用那铜镜对她们进行了催眠与暗示，只要看着它，她们就会产生幻觉，如他暗示的那样。

我想，莫莫终于可以安息了。

而我，也了却了自己的心愿，纵然下半辈子会在监狱里度过，也无怨无悔了。

我在路口打了一辆车，面无表情地说："去公安局。"

STORY 故事16 蓝贝壳酒吧

我害怕起来，感觉那个女孩正慢慢地飘过来，带着鄙夷的笑，仿佛在嘲笑我不过是她的替身。

1

自从跟几个朋友去了一个叫"蓝贝壳"的酒吧，我便喜欢上了那里。

那里的气氛，闹而不喧，乐队唱一些摇滚与经典的老歌，也是我所喜欢的。

只是去那个酒吧要经过一条不长不短的小巷。两年前，一个二十几岁的女子在这条小巷里突然神经错乱，撞墙身亡。她的死一直是一个谜。

那面墙至今还有着淡淡的血迹，但这并不影响酒吧的生意，人们也渐渐淡忘了。无意中听到这个故事的时候，我的心颤了一下，但也没放在心里。寂寞无聊的时候，我便去那里，一个人坐在吧台，喝着鸡尾酒，翻着杂志，听着音乐，时间很快就从指尖溜走了。

去得多了，便与这里的一些人混得比较熟，比如这里的服务员、歌手，而调酒师阿威算是跟我谈得最多的了。

阿威做了好几年的调酒师了，他能够把玩着瓶子全身转，还有玩口中喷火的技巧。他调得最拿手的鸡尾酒是"海洋之心"，澄清的蓝色液体，泛着干净的气泡，杯底有着落红，恰似红心，红得触目。喝一口，香醇透凉。

每次来"蓝贝壳"，我都会点"海洋之心"，这是我最喜欢喝的酒。只是很奇怪，有时我会喝得很醉，有时却很清醒，这可能跟阿威放的基酒多少有关系。

2

　　这个周末，我来到"蓝贝壳"。阿威看着我，微笑着说："好几天没看到你了，真有点想你。"

　　我笑而不语。

　　"我马上给你调'海洋之心'。"

　　不可否认，阿威是个善解人意且又高大帅气的男人，他常常一眼就能看穿我心情是好是坏。他把酒放在我面前，说："你今天有心事。"

　　"说实在的，这段时间我确实有心事，我爱上了一个已婚男人，不想拆散别人的家庭，却又不想对不起自己的感情，陷入了进退两难的苦恼之中。"

　　阿威安静地听着，陷入了沉思，听完故事后，说："我给你加点冰吧。"

　　我点点头，趴在吧台上发呆，一只蚊子落在我的杯沿上，跌了进去，一下子就变成死灰色，我骇然。

　　阿威却不以为然地说："该死的蚊子，怎么跑这里来了。"然后把杯子里的酒倒掉，又重新调了一杯。

　　阿威说："你想想你现在的痛苦，再想想给别人造成的痛苦，然后抉择自己应该怎么做，这种事别人帮不了你。"

　　我点了点头。

　　这次，我喝得有些醉，当我经过那条巷子的时候，老感觉有个女人的影子跟在我身后飘。

　　我突然想起那个撞墙而死的女子。我不敢回头，发疯似的跑，跑出这条小巷，才长长地吁了口气。

3

　　我在一家广告公司做秘书，老板曾文个子瘦高，英俊儒雅，又很有才华。刚三十出头，可谓是少年才俊。却因结婚早，令很多女人暗自伤心。但还是有女人抵挡不住他的魅力，比如他的前任秘书叶枫，比如我。

　　我在一些细碎的流言中得知，前任秘书叶枫有个相恋三年的男友，他对她一直很好，但自从叶枫投到曾文麾下，却疯狂地爱上了他，置前男友的痴情于不顾。当然，叶枫自然不是唱独角戏，据说当时曾文也有金屋藏娇的念头，但被他泼辣的老婆知道了，当着很多人的面羞辱了叶枫一番，几天后，叶枫便自杀了。

　　而曾文，刚开始对我很冷，可能是我的认真与细致，他开始不由自主地对我好，那种好是从心底流露的，虽然表面上很冷，但是我能感觉到他内心的火热。

　　面对一个如此优秀而有魅力的男人，没有几个女人能挡得住。我陷入了曾文的情网。

　　一个月后，我们开始偷偷地来往。一边担心着，一边却还是不由自主地陷了进去。爱情，有时候比什么都疯狂。

　　有一首歌，叫做痛并快乐着，我感觉那首歌简直是为我唱的。

4

　　西餐厅，我与曾文对坐着，只是气氛有点僵。与曾文偷偷来往了两个月后，最终我还是决定向他摊牌。

　　"我们该怎么办，难道就这样一直偷偷摸摸，见不得光？"我终于还是先开了口。

　　曾文叹了口气，自己虽然跟妻子无感情可言，但终究是夫妻，而且还有一个六岁的女儿。

　　"能不能给我点时间，我好好想想。"

　　买单的时候，曾文从包里摸出皮夹。这时一张照片轻轻地飘了出来，落在我的面前。

　　那是一个年轻女孩的照片，穿着一件白裙子，光着脚站在沙滩上，头侧过来，对着镜头笑。

　　我看着曾文，冷笑：'曾文，这是你的新欢吧。"说完抓起包就走。

　　曾文急了，他压着声孔道："你给我站住！"

　　很多人转过头看我们，我也被吓住了。

　　"你想认识她，对吧．跟我来。"说完他就走，脸色阴沉得可怕，我只好跟着他上车。

　　曾文先到花店买了一束鲜花，然后我们来到一个很荒凉的地方，我有点恐慌地看着他，我不知他把我要带到哪里去。

　　我们来到一个长满了杂草的空地，这个地方我从没来过。

　　这时我看到一块小墓碑，上面刻着一张年轻而姣好的脸，那张脸是那么熟悉，我突然想起了照片上的女子。

　　这时，风吹过来，很冷。那种冷，让人全身的每一个细胞都充满着寒意，偶尔听到几声野外小动物的怪叫。我害怕起来，感觉那个女孩正慢慢地飘过来，她带着鄙夷的笑，仿佛在嘲笑我不过是她的替身。我感觉女孩离我越来越近，面目也越来越清晰越来越惨白。

　　"你现在知道是谁了吧？"我被曾文所说的话惊醒，慢慢回到现实生活中。

　　"是叶枫。"我低下了头。

5

又一次来到"蓝贝壳"的时候，阿威托着下巴，凝视着我："看来你有喜事，脸色红润，精神焕发，像花儿一样的娇艳，我都要心动了。"

我笑着说："如果没有遇见他，或者早点认识你，我可能会爱上你。"

"别逗我了，还是说说你的爱情发展得怎么样了吧。"

我喝了一口酒，兴奋地说："他答应我离婚了，本来我想带他过来喝酒的，让你也认识认识，但是他公司临时有事，来不了了。"

"噢，那么，恭喜你了。"

我感觉阿威的眼神突然变得暗淡，忧郁，有着阴冷的光。这使他整张脸看起来是那么阴森，泛着青冷的光，跟平时温柔亲切的阿威完全是两个人。

我突然感到很困很困，不胜酒力的困，终于支撑不住，沉沉地睡去。

6

猛然惊醒，发现自己在一个阴暗的地方，四周散发着霉臭味，似乎有东西在腐烂。我感觉恍惚，为什么这么黑，感觉不到一点点的光亮。我甚至怀疑自己的眼睛是不是出了毛病。我抚摸着头部，头很痛。

我抑制住强烈的恐惧感，摸索着走了几步，发现地面坑坑洼洼，有着少许的积水。这到底是什么地方？我感觉自己被抛入一个充满邪恶，令人窒息的地狱。

我看到了光，一个很大的光影，慢慢地移近，白色的影，像一个幽灵，恍恍惚惚向我慢慢飘近。我浑身颤抖着尖叫："你是谁？究竟想干什么？"

那影子并没有说话，越来越靠近我。

恐惧到了极致，反而令我更加冷静，我想起了我包里防身用的一把手术刀，我紧张地摸索着。

我终于认出那张阴冷的脸，是阿威。

"你为什么要把我带到这里，你到底是谁？我跟你有仇吗？"

"你应该离开他。"他的声音像是来自遥远的地方。

我呆呆地看着他，不解地问："我为什么要离开他？"

"男人都是不可信的，今天他跟他老婆离婚，明天他就会跟你离婚，没有什么感情是恒久不变的。"

我感觉害怕，却还是问："难道你连自己的感情都信不过？"

他恶狠狠地看着我："就算你跟他结婚，总有一个女人的阴魂会跟着你，你甩都甩不掉。"

"你指谁？"我打了个寒噤。

他的脸扭曲了起来，象一个凶狠的魔鬼，然后一步步地向我靠近："你觉得会是谁？"

他一字一顿地说，声音那么低沉，那么遥远，发着潮气，仿佛是从阴黑的地下传出来的，我一步一步地退到墙角。

他伸出手，掐我的脖子，我奋力地挣扎着。

"在你死之前，我不妨告诉你一个秘密，让你死得明白，你可以带着这个秘密一起去见上帝。"他的手稍稍放松了。

"你知道我有多么痛恨你们这类女人吗？为了自己的私欲，不惜拆散别人的家庭，弄得人家妻离子散。你知道我以前有多么爱她吗，她竟然为了一个有老婆孩子的男人，弃我而去，我对她三年的好却不及跟她相识一个月的男人，多可悲啊。"

阿威陷入悲痛之中，顿了顿，继续说："我离开了她所在的城市，而恨与绝望却在我心里越积越深，你体会过那种感觉吗？每当夜深人静的时

候，那种怨恨就像蛇一样地缠着我，让我无法呼吸。我偷偷地回去找她，我希望她能回头，但是她说已经不爱我了。我一怒之下把她引到天台，然后将她推了下去，造成她自杀的假象。之后我来到了这家酒吧，碰到了一个我喜欢的女子，发现她也跟一个已婚男人相好。我恨这种女人，在她的酒中放了伤害中枢神经的药，最终导致她精神错乱，她在离开酒吧的路上撞墙而死。而你，将会成为第三个冤鬼，这就是你们这些女人的下场。"

"原来叶枫是你杀的。"

"没错，你现在马上就可以见到她了。"他那铁钳般的手紧扼着我的脖子，我一挥手，锋利的刀片划过他的手臂，他呻吟着松开了手捂住伤口。

我趁机狂奔，我发现，原来这里是酒吧的地下室。我发疯般地跑出了这个噩梦般的酒吧，跑出那条可怕的小巷。在路口看到一辆巡警车，我指着酒吧所在的方向："那里有一个杀人犯。"然后我带他们过去。

在阿威被逮捕的那一刻，我才长长地吁了一口气，是的，噩梦终于过去了。

这时手机响起，是曾文，他急切地问："你在哪里，是不是出什么事了，你的手机一直没信号，打不通。"

我平静地说："曾文，一切结束了，我们就当彼此没有相遇过。"

我知道，一些危险的感情，是某些噩梦的开始。现在，噩梦结束了，是一切都该结束的时候了。

STORY 故事17 古宅幽魂

　　月光中，张眉眉的脸色惨白而狰狞，就像一只丢了魂魄的狐狸，拼命地想要抓住改变命运的神草。

1

一见钟情这个词，有时并不仅仅于人而言。

当张小眉看到那幢老宅的时候，就是这么想的。因为，它于她而言，有一种奇特的熟悉感，竟然有一种"回家"的感觉。就如当初见到曾一林一样，先是怦然心动，然后便坠入了爱河。

曾一林皱着眉头，说："这房子太旧了，不适合你养身体，我们去别处看看。"

张小眉马上回应道："不，我非常喜欢这里，我就住这了，你把车子里的行李搬进来吧。"

曾一林犹豫了一下，还是把她的东西搬了进来。整个房子对张小眉来说是那样的熟悉，仿佛她曾经在这里度过很长的一段时间。她甚至能准确地说出哪里是书房，哪里是卧室，衣橱又是怎么摆设的，还有后院有一口古井，张小眉竟然都能够在未看见之前说出来。

曾一林被她吓了一跳："你是怎么知道的，你从来没来过这个地方吧？"

张小眉点了点头，轻柔地说："一林，你相信宿命吗，我现在越来越相信宿命了，就如我们能在一起，就如我现在能住在这里，我觉得这都是冥冥中安排的。"

曾一林心里虽是疑惑，但也不想过多探究："乖，你在这里好好养病，公司里还有很多事情要忙，我不能天天来这乡下陪着你，保姆小蝶会好好照顾你的。"

　　那天，曾一林整天都陪着她，睡觉的时候，她在他怀里嬉闹。但她总感觉有一双眼睛在看着他们，她总觉得这屋子里，除了他们，还有另外的人，这让她心神不宁。

　　曾一林睡熟了后，张小眉偷偷地走出房间，周围一片漆黑与寂静，哪有什么人在看着他们，她想，或许是自己多心了。正当她想回房时，一个白色的影子飘然而过，似乎去了后院。张小眉恐惧到极点，但在强烈的好奇心驱使下，她深吸了一口气，便跟着去了后院。此时，她看到一个身着白色睡裙的女子，长发遮住了脸，竟然从那口废弃的古井里缓缓地向上爬。

　　她一下子感觉胸闷，晕了过去。

　　当张小眉醒来的时候，发现自己躺在床上，曾一林与小蝶都在她身边，焦虑地看着她。

　　"你怎么跑到后院去了？你这身子怎么可以半夜到处乱跑呢？"曾一林像教训小孩一样疼惜地埋怨着。

　　张小眉缓缓地说："我看到一个穿着睡裙的女子，她在古井里面。"

　　"这怎么可能？你一定是眼花了。"

　　她摇了摇头："不，我看到了她的脸，跟我一模一样的脸。"

　　他们面面相觑，似乎都被她吓呆了，曾一林更加担忧："你一定是睡眠不好，身体太虚，出现幻觉了，别再胡思乱想了，好好睡觉，再这样我可就生气了。"

　　她顺从地点了点头。

　　曾一林去市区上班了，大多时间，整幢房子便只有她与小蝶两个人。小蝶跟了她五年，那时候她才十八岁，憨厚淳朴，又有点土气，不知几时，也已经脱胎换骨，像个知书达理的小家碧玉。

那天，张小眉与小蝶一同去了书房，她们都呆住了。因为书房里有一幅画，一个女子的画像，穿着一件白色的旗袍，一头大波卷，令人惊愕的是，她有一张与张小眉一模一样的脸。

"这是谁？怎么会这么像我。"张小眉的脸色有点苍白，又不禁想起了昨天的一幕。

小蝶说："我看她只是长得像你而已，凑巧啦。"

"不，我想不会这么巧的，不然我怎么可能会对这里这么熟悉，就像在这里住了很久一样。"

正说着，张小眉又一次呆住了，因为她注意到附注旁边的字：张眉眉，1911 年 3 月 12 日二十岁生日所画。

"上帝，这个人的名字竟然跟我只差一个字，不可思议的是跟我的生日是一样的，刚好相差一百年。"张小眉喃喃自语，"小蝶，难道这人世间真有轮回之说？"

小蝶想了想，说："民间倒是有这样的传说，还有外国也有很多事例，那些转世股胎的人，都会认得回去的路，难道，这么巧，这事就发生在你身上？"

"你知道吗小蝶，我在我房间的抽屉里发现了一些信件，还是一本日记，是张眉眉写的，她说她很难过，终有一天她会被她的未婚夫与女友害死的，但是，她死了之后，鬼魂将永远留在这座宅子里，不会离去。"此时，张小眉转头看着脸色有点惨白的小蝶，"你说，我的命运会跟她相同吗？"

3

那天晚上，张小眉彻夜难眠，恍然间起床，坐了起来，却猛地看到穿白色旗袍的女子坐在她的床上，低着头，用桃木梳缓缓地梳着自己的长发。

她猛地站了起来："你到底是谁？为什么会在这里？"

她对张小眉却视而不见，只是轻轻地说："张小眉，你应该知道我是谁，一百年前，我叫张眉眉，我是你的前世，你是我的轮回，我们之间会发生一模一样的事，隔着一百年，在同一天，认识叫曾一林的男子，在同一天，搬进这宅子，而且，会在同一天死去，死于两个最亲密的人手上，而且……"她顿了一下，那语调透着地狱般的寒气，"我们有着同样的死法。"

她突然转过脸，那青白的脸色，脖子上有着可怕的勒痕。

"不，不……"张小眉大叫着。此时，她才发现刚刚只是个梦，一个怪异而可怕的梦，梦里的女人长得跟她一模一样，而且，她说自己会死于两个最亲密的人之手。

此时，她突然看到窗前有个白色的影子飘然而过，那影子是那么熟悉，跟她上次见的是那么相似，她感到全身冰冷。这次，她不敢再追出去了，她怕看到跟梦里一模一栏的情景。

但此时，她的房门响起了敲门声，那么若有若无地敲着，仿佛一只柔软无力的手，就那么轻轻地敲打着。

张小眉缩到床的角落里，用被子裹住全身，却还是忍不住地颤抖着，但那门，还是发出吱呀声。

"不，不要进来，不要进来。"她默念着，在心里不停地祈祷着，但一切恢复了平静，没有任何动静。

她终于还是睁开了眼睛，却看到一个穿着白色睡裙的长发女子背对着她，就站在房间里，她颤声地喊道："你到底是谁？"

那女子幽幽地说："我是这房子的主人，也是你的前生。"

"不。"张小眉哭了，"这是我编的故事，怎么可能成事实呢，昨天在古井里的女子难道是你？"

"你错了，这是真的，你知道我是怎么死的吗，我是不小心掉进井里死的，你知道，我非常寂寞，我希望你能够一直留下来陪着我，好不好？我会天天来找你的，明天晚上，子夜，我继续来看你。"

"不，你不要再来找我了，不要了。"张小眉捂着眼睛，哭泣着。她感觉到自己的心脏病又要复发了，她忙吞下了几片药，此时她发现，那女子已经不在了。

张小眉看到她所站的位置上，有一条绿色的手链。

4

迷迷糊糊间，小蝶似乎听到音乐声。

当她从梦里慢慢苏醒过来的时候，发现自己并非做梦，真的听到音乐声，是留声机所发出的音乐声，而且是民国时期周璇所唱的《天涯歌女》。

她觉得甚是疑惑，这个时间，这么冷清的地方竟然会响起这么古老的音乐，太玄了吧？她扭头看了一下时间，零点过两分。

此时，她完全清醒过来。

音乐在慢慢褪去，却传来一个女子的清唱："小妹妹想郎，直到今，郎呀患难之交恩爱深，患难之交恩爱深……"

她有点心惊胆战，但还是想出去看个究竟，难道是张小眉在外面唱歌？

歌声骤然停了下来，她有点疑惑，但一会儿又传了过来，对，分明是从后院传过来的，她便跑到后院，却见一个穿着白色旗袍的女子手翘兰花，在那里"咿咿呀呀"的唱着，那发型……

她猛地想起来，跟书房画里的女子一模一样，此时，那女子转过了脸，借着朦胧的月光，那脸，跟张小眉一模一样。

她的牙齿开始打颤："你到底是谁？"

"张小眉没告诉你吗，一百年前，自从我被我的未婚夫与好友害死了之后，我的幽魂一直未曾离去，在这古宅每至午夜就会出来飘荡。其实我知道，你跟曾一林终有一天会害死张小眉的。但有我在，我不会让你们这样做的。"

小蝶惊恐地退向古井 "你到底想干什么？我并没有想过害张小眉，她对我这么好，我怎么会害她。"

"这是命运的轮回，张小眉的宿命就是如此，现在，能让她改变的，也就是我了。"

月光中，张眉眉的脸色惨白而狰狞，就像一只丢了魂魄的狐狸，拼命地想要抓住改变命运的神草。

或者，她在深夜的孤宅里已经游荡了太久了。

5

小蝶死了，落在古井里淹死的。脸上还有惊恐的表情。

小蝶的尸体被捞上来的时候，张小眉叫道："她一定是被那个张眉眉的鬼魂给害死的，我曾经在日记里看到，张眉眉也是死于井中的。"

曾一林的眼神阴晴不定，看得出，他对小蝶之死也非常震惊与难过。

此时，曾一林已经完全相信所谓的百年轮回，而张小眉就是张眉眉的轮回，他急促地说："那日记本呢，现在在哪里，还说了些什么？"

"我害怕，我已经把它给烧掉了。"张小眉哭着说。

曾一林低沉着说："处理后事后再说吧，就说她不慎落井身亡，事情处理好后，我们赶紧离开这个地方，这个鬼地方太可怕，然后我们结婚，永远在一起，好不好。"

张小眉幽幽地说："你真的不离开我吗？"

曾一林拥着她说："是的，无论发生什么事，我都不会离开你的。"

张小眉点了点头，脸上露出欣慰的笑。

6

婚礼在一个月后举行，虽然张小眉曾经怀疑过曾一林的不贞，但曾一林无微不至的关怀令她释然，她觉得自己是世界上最幸福的女人，但这种感觉没持续多久。

张小眉的母亲早逝，只有父亲陪着她。不久前，他的父亲在一场车祸中死去，而父亲的集团由她继承，但是她身体不好，一直由父亲的助理曾一林打理。

那天，她的心情特别好，这是她在小蝶与父亲去世之后，心情第一次这么好，她对曾一林说，她在学园艺，晚上迟点回去。其实，她给想曾一林一个惊喜。

今天是他的生日，她准备给他订一个蓝莓蛋糕，并在商场逛逛，买他所喜欢的东西，然后再去花店买了一束蓝色的郁金香，这是她最喜欢的花。她想，把它插在睡房里感觉一定非常好。

一切都准备得很顺利，当她大包小包地回家，快到家门口时，她在车里看到曾一林跟一个女人在吵架。但令她感到惊心的是，那女人竟然跟她长得如此之像，而且衣着风格与发型也是如此之像。

突然间，她像是明白了什么，她有点失魂落魄，勉强镇定下来，躲在一边，看事态发展。结果是，那女人气愤地离去了。

她感觉俩人之间一定有什么隐情，或不可告人的秘密。

等曾一林进房子好一会儿，她才敢进去。

曾一林看上去，跟平时没什么两样，看她大包小包地进来，很惊讶："你不是去学园艺了吗，学这玩意儿会有很多东西奖励？"

"不是啦，今天是你的生日。"

"噢，亲爱的，你对我太好了，我自己都忘掉了，想不到你会记得。"

"我怎么会忘记呢，我生日的时候你总会记得呀。"那一晚，张小眉喝了很多的酒，喝着喝着，就醉在曾一林的怀里。

7

当她醒来的时候，却发现自己手脚都被绑住了，而且，竟然身在古宅的柴房里。

她惊恐地叫着："一林，救……"

还没说完，话就哽在喉咙，因为曾一林跟一个女子就站在她面前，就是那个跟她很像的女子。

只见那个女子穿着一件白色的旗袍，头发高挽，旧时的大波卷，短短地留在肩上，那样子，像一个旧照片里走出来的人。而房间里面，流动着留声机的音乐，那是二三十年代周璇的《天涯歌女》。

张小眉慌乱地挣扎着："不，这怎么可能，这一切都是假的，一林，快放开我啊。"

但是，曾一林并没有动，而那个女人轻轻地说："你知道吗，张小眉，我等这一天，已经等了太久了。"

"你到底是谁？"

"我是你妹妹张青青，同父异母的私生女，我曾经乞求那老头，分一些财产给我，但他死要面子，不敢承认我是他的女儿，他薄情我就无情，让他死于非命，哈哈。"

"什么？我父亲是你害死的？"

张青青点了点头，瞄了一下曾一林："是的，确切地说，应该是我们。

现在，只要我们把你给杀了，我就取代了你，所有的财产都将是我和曾一林的，我们就像童话里的王子与公主，从此幸福地生活在一起。"

张小眉颤抖地看着她："那么，关于轮回的事，还有那日记本，都是假的？所有的事情都是假的？张眉眉的鬼魂也是你扮的？"

"是呀，这世上，哪有什么轮回、鬼什么的呀，都是我跟曾一林一手策划的，就是为了把你吓疯。放心，等下我们就给这小房间放一把火，让你消失得神不知鬼不觉。"

曾一林拿出了一个打火机，火光闪着，他的脸色看上去阴晴不定。就在这时，破门声响起，一声"不许动"，几个警察举起了枪，对着曾一林与张青青。

原来，张小眉那天发现跟曾一林吵架的女人后，就开始怀疑最近发生的事跟他们有关，于是便报了案，警察在暗中跟踪他们。

看着曾一林与张青青双双被捕，张小眉终于吁了一口气，或者，应该把古宅卖掉了，因为，这房子留给了她太多的阴影。

STORY 故事18 毁与灭

　　令陈骏想不到的是，陶珍也出现在张芝芝的葬礼之上，而且，是以张芝芝表妹的身份。

1

张芝芝终于不再说话了。

当陈骏扒开人群，看到张芝芝像一只无辜的小一样鸟躺在宝鑫大厦下面，他的第一个念头竟然是这样的，然后才开始觉得难过。想着在一起三年的女友，如今已经变成一具尸体，他真的有点难过。

一个小时前，张芝芝给他发过一个短信，但那时他还在陶珍家里，手机关机，她应该给他打过很多电话，但没打通，因为开机后只看到两个字：你好。

当时，他不明白是什么意思，没放在心上，也没有回复。现在，他想起林黛玉临终前对贾宝玉也说了这两个字，千言万语化作了这两个无限幽怨的字。所以，他号啕大哭里，除了夸张地嚎声外，是真的流泪了。

张芝芝除了有一张爱唠叨的嘴巴外，也没啥其他缺点，为什么会以这种决绝的方式结束生命，这是他所想不到的。

陶珍电话打过来的时候，他还在公安局做笔录，所以，他很不耐烦地按掉了。

"张芝芝跳楼的时候，你在哪里？"警察问他。

"在情人那里。"陈骏低着头说。

"你们相处多久了？"

"三个月。"

警察意味深长地看了他一眼，呢喃道："三年的感情竟然抵不过三个月的新鲜！"

陈骏离开公安局的时候，脑子里不停地响着那个警察的话。这时，他的电话再一次响起，陶珍的声音依然甜糯中带着责怪："为什么不接我的电话？"

"张芝芝死了。"

那边"哦"了一声，然后是久久的沉默，陈骏猜不透对方的心情，是难过还是窃喜，但此时，他也不想去猜这个。

或许陶珍也不知道要说什么好，好久她才说了这么一句："我过几天去看你。"

"我们，还是暂时先不要见面吧，我想一个人静一静。"陈骏说。

陶珍也没有说什么，"嗯"了一声，挂掉了电话。

陈骏想，自己该好好安静一下了，此时，他又一次掏出手机，翻出那条短信：你好！

2

陈骏是在收拾张芝芝的遗物时，看到那个病历本上写着乳腺癌晚期。

他之前竟然毫不知晓，那一刻，陈骏震惊得说不出话来。前段时间，他跟陶珍正热火朝天地粘在一起，他厌倦了张芝芝没完没了的叨唠，想跟她分手的，但连跟她提分手的兴致都没有，彼此自然地消失才是他要的目的。

现在，他如愿了，张芝芝消失得非常彻底，但他又不相信张芝芝就这样彻底地人间在消失了。现在的他成了众矢之首的坏蛋，张芝芝的亲戚，认定是因为他的关系，才导致张芝芝自杀的，他们之中竟然没有一个人知道张芝芝生了重病。

张芝芝出殡的那天，陈骏还是去了，虽然他知道会被张芝芝的家人骂，

他们一直那么看好他们，觉得他们一定会结婚。但是现在，张芝芝还是一个人孤独地走了。

令陈骏想不到的是，陶珍也出现在张芝芝的葬礼之上，而且，是以张芝芝表妹的身份，脸上还有着伪装的悲伤，而这，只有陈骏能看透。

陶珍往他手里塞了一样冰凉的东西，然后就走了，穿着白色的孝衣，看起来有点像死去的张芝芝，陈骏为自己有这样的一个想法感到全身发冷。

当陈骏摊开手心的时候，心跳加速，呼吸困难，大颗的汗水从额头渗了下来。竟然是自己送给张芝芝的一条骷髅项链，怎么它现在到了陶珍的手上？

他从来不知道陶珍与张芝芝是这种关系。他突然感到胸很闷，此时，陶珍的身影已完全淹没在人群之中，他觉得这个女人并不简单，或者，这一切仅是个开始。

一想到这里，陈骏觉得有点心慌。

3

陈骏的感觉并没有错，是的，一切仅仅是个开始。

自张芝芝死后，他跟陶珍就没再联系了。关于张芝芝，他有点怀念，关于陶珍，想起来却有点恐惧。

但是这天，陶珍突然出现了，出现在他的电话里。

"晚上九点，青青坟地。"

短短八个字，透着一股寒气，一阵风刮过来，陈骏浑身哆嗦了一下。那一刻，他竟然感觉陶珍是个魔鬼。

一整天，陈骏如坐针毡，惶惶不安。为什么陶珍晚上要约他去坟地，而不是别的地方？他越来越觉得这个女人太神秘了，自始至终，他对她一点都不了解，除了她的名字，以及在张芝芝的葬礼上知道她还是张芝芝的表妹外，其他的竟然一无所知。

他实在不愿意去那个地方，尤其是晚上，他不知道那块坟地上，等着他的会是什么，但如果不去，可能永远都不会知道陶珍到底是怎样的人，还有张芝芝是不是真的是自杀？是否连同他们的相遇，都是一场早有预谋的安排。

晚上八点半，他还是决定去，他不能带着这么多的疑问活下去。

到达坟地的时候，已经是九点五分，他找遍了整个陵园，都找不到陶珍，倒是找到了赵铭记的墓碑，前面放置着很新鲜的花束，所以，陈骏便注意到了这块墓地。

当他看到赵铭记这三个字的时候，他发现自己的上牙与下齿控制不住地打起了颤。他回头想逃离这个地方，却撞到了什么东西，抬头一看，是陶珍，一身黑衣，神情冷漠中透着一丝残忍，不知她何时已经站在他身后。

陈骏再也无法忍受，两只手捏住了陶珍的胳膊大叫着："你到底是谁，为什么要这样，为什么要这样对我和张芝芝，张芝芝是不是你害死的？为什么要带我来这里？"

"放开你的脏手，三年前，你跟张芝芝是怎么对我们的，现在，我不过是以其人之道还治其人之身罢了。"陶珍打掉了他的手，冷冷地说道。

"你是？"陈骏倒退了一步，问道。

陶珍仿佛看透了他的心思："是的，我就是赵铭记的女友，本来我们就要结婚了。可我没想到，世界上还有像你这样卑鄙的小人，若不是我拿到他死前的一盘录音带，到现在都可能还在误会他。作为他的朋友和合伙人，你竟然耍手段排挤他，吞掉他的股份，还用卑鄙的手段害他身败名裂，害我误会他，在一气之下跟他分了手，赵铭记在万灰俱念之下，烂醉后投河自尽。现在，你知道我要干什么了吧？我失去的东西，我要你们全部偿

还。其实张芝芝的癌症是假的，是我鼓动她来我那里做检查，并给她写了假诊断书，乳腺晚期，就算切了乳房也没用了，实际上，她已经有三个月的身孕了。"

陈骏犹如五雷轰顶，咆哮道："不，这一切不是真的，不是……"

此时，陈骏的表情里，纠集着极度的痛苦与愤恨，他的目光像达到焦点的火一样，在熊熊燃烧，那一刻，他恨死眼前的这个女人了。

陶珍看着他，后退了几步。

当陈骏的手作着掐状时，他想起了与这个女人缠绵时的柔情蜜意，痛苦加剧，手停在了半空："告诉我，你只是为了报复我，才接近我的是吗？"

陶珍突然哈哈大笑，笑声里有着歇斯底里的悲凉，而陈骏看着她那幽灵一般的黑色背影，突然觉得自己才是最该死的人。

4

陶珍失踪了。

她牺牲了自己的幸福来惩罚别人的过错，多么愚蠢的行为啊！但她却不知道，赵铭记在炒股与赌博中亏了很多钱，那录音带，是怕陶珍责怪他，并跟他分手，所以才将错误都推到陈骏的身上。陈骏作为朋友，只能暂时揽下这个错误。赵铭记曾信誓旦旦地说："你是我最要好的朋友，担这个又没什么关系，她又不会对你怎么样，等我们结婚了，我会好好跟她解释。"

可是，赵铭记已经死了，陈骏真的不想说他怎么不好。但他做梦都没有想到，陶珍原来那么爱赵铭记。

张芝芝成了最大的牺牲品，可陈骏最想不通的是，为什么她对自己的表姐也可以那么绝情？

陈骏调查了陶珍的背景，发现陶珍自幼丧父母，寄养在舅舅家，也就是张芝芝的家里。而他们一家人对她并不好，特别是张芝芝，怕她会抢走自己的一切，所以，总是故意弄些小伎俩让父母讨厌陶珍。也许那些怨恨在那时就已经扎根了吧。

他再也没有见过这个女人，她像是从这个世界完全消失了，当陈骏再次经过宝鑫大厦的时候，他竟然产生了幻觉，陶珍就像张芝芝那样躺在宝鑫大厦的底下。

5

五个月后的某一天，他应邀参加一个朋友的婚礼。朋友的婚礼在酒楼的二楼举行，剩下的场地全被一个富商的儿子包下来举行盛大的婚礼。相比起来，朋友的婚礼倒显得有点寒酸，陈骏因为好奇便下楼去看看。

在铺满鲜花的红地毯上，他看到新郎那肥墩墩的身躯，把燕尾服撑得十分可笑，而新娘陶珍揉着膨胀的肚皮，目光正直直地射了过来，冷冷的，然后像梦一样地飘开了。

他面无表情地走近她，轻轻地说："赵铭记的死跟我没关系，他炒股亏了钱之外，还跟很多女人有关系。"

当他走出大厅的时候，他听到了一声歇斯底里的哭声。

那是一个女人肝胆俱裂的呻吟。

STORY 故事19 惊魂公寓

他们好像都变了个人，那么疯狂，甚至说有点扭曲。

参加某个神秘聚会是婴玫提出的。

婴玫是我新交的女友，她是我在律师事务所里碰到的，那时我伯父刚去世，而他没有后辈，于是跟他生活在一起的我继承了他的遗产。

认识婴玫是因为我的律师刚好是她的朋友，我看到她的时候就被她风情万种的美丽吸引了，特别是当她对我笑的时候，灿若桃花。那时我就有一种预感，我的桃花运来了。

当她神秘兮兮地问我要不要参加一个很刺激又很隐秘的聚会时，我马上来了兴趣，倦于城市生活的人们总是喜欢用各种新奇的方法来寻求刺激。

"我在赵家湾的魅影号公寓等你，你可以带你最好的朋友来，但只能带一个，而且你们要穿上白衣黑裤，不能告诉第三个人，这是游戏的规则，否则会受到惩罚。"婴玫严肃地说道。

我不知道会有什么样的惩罚，但看着婴玫严肃的表情，我想这个肯定不是什么好事，于是点了点头。

晚上十一点，我带上哥儿们赵楚一同前往，我们穿着同样的白衬衫黑裤子。

到了魅影号公寓前，只见那公寓用铁质的花艺围墙围着，守在门口的是两个身材高大的男人，他们问我们是谁介绍过来的，我报出了婴玫的名字，他们点了点头，便让我们进去。

这是一幢位于冷僻区的哥特式别墅，幽静，精致，不远还有个平静的湖。我感觉这里很安静，四周的白玉兰开得勾人心扉。

"如果这里发生什么事，我们都逃不出来了。"赵楚半开玩笑地说。

"别想得那么严重，婴玫让我们来玩的，你不相信我女朋友，也该相信我吧。"我笑道。

我们被人带到一个很大的房间，只见里面纸醉金迷，异常热闹，中间是一个很大的舞台，折射出迷离的绚烂灯光。而里面的男人全都跟我们一样，白衣黑裤。而女人，却打扮得亦古亦时尚，亦仙亦妖，光怪陆离，像是国外的狂欢节。

这时一个打扮得很性感的服务员迎向了我们："先生，要喝点什么？"

我实在不知道在这里应该喝什么好，说："就喝你们这里必喝的吧。"

她笑了，然后变戏法般地拿着两杯蓝火焰一样的饮料，笑着说："这是你们的蓝火焚心，这是酒，不是饮料哦。"

手里的"蓝火焚心"味很醇香，好像有着姜花与香槟的味道，只是因为早上拉过肚子，浅饮而止，不敢多喝。

这时，婴玫找到了我们，我差点认不出她了，脸上化着浓重的彩妆，穿着艳丽的衣裳，看样子，她对这里的聚会应该非常熟悉。

她伸出一只戴着密密麻麻珞璎链子的手，拉住了我的手。我扫视了一下周围，发现这里的人几乎全都喝这种蓝火焚心。这时音乐突然就激烈起来，所有的人都疯了般的跳舞。赵楚与婴玫也是，他们好像都变了个人，那么疯狂，甚至说有点扭曲。我不知为何会想起这个词，但是，却没有比这个词更适合的了。

一阵胃疼过后，我抬起头，猛地看见一个男人的鼻孔与眼角都淌着血，他龇着牙齿，眼睛却有着极度的恐惧，而周围的人却置若罔闻地继续狂欢。此刻强烈的灯光闪过，鲜红的血在苍白的脸上显得格外触目惊心，那么的扭曲与绝望，我不由得后退。

我想尽早逃离这个地方，却找不到婴玫与赵楚，空气中漂浮着那种诡异与尖锐的视觉恐惧，令我感觉自己置身于魔鬼之营。

当我走到门口的时候，有两个戴着面罩的男人挡在我面前："先生，你不能中途离开。"

看着他们身强力壮的样子，我只好返回大厅，跳舞的人依旧在跳舞。那一瞬间，我以为自己刚才仅是产生了幻觉，因为那流血的男人不见了。

我知道我已经身不由己，只好装作毫不知情地跟他们扭了起来，这时我发现了婴玫，她也看到了我，走了过来，双手放在我的腰上，跟人群一起舞动。

我低低地说："这里不对劲，想办法离开。"

她却大笑了起来："没什么不对劲啊，你想多了。对了，等下有一项节目，是选秀配，就是每个男人都可以带一个女孩走，如果轮到我上台时，有人问谁带这位小姐走，你一定要伸出你的右手。"

我不知道婴玫她们到底在搞什么，心里有点恼火，但还是点了点头。

果然，所谓的选秀配开始了，赵楚选中了一个穿着蝴蝶裙的女子，搂着她向我打了一个响指就走了。而当婴玫在台上用充满企盼的目光看着我时，我伸出了右手，但我发现另一个男人也伸出了右手，那是一个额头上有着刀疤的男人。

我出了比他高的价，当婴玫过来牵着我的手时，我仍感觉背后有着剑一般冰冷的目光，令我不由自由地战栗。

我知道是那个男人在看着我。

2

婴玫带我来到一个挂着厚重窗幔的房间，带上了门，我甚是气愤。

"这到底是怎么回事，你经常玩这种游戏？"

"你现在明白了所谓的神秘聚会了吧。"她却淡淡地说，"但你看到的只不过是表面。"

"表面？什么意思？"我疑惑地看着她。

我正想问为什么，她突然就关掉了灯，向我招了招手，小心地移开了窗帘，于是我也往窗户靠去。

只见黑暗中，几个穿着黑衣服的男人在鬼鬼祟祟地走动，几个人拖着一只很大的麻袋，放在车子的后备箱里，而看那形状，我差点喊出了声，那分明像一个人！我突然想起了电视里最近报道家资深厚的男人被神秘杀害的事件。

关上后备箱的时候，其中一个男人环视了一下四周，然后刚好朝这个窗口看来，那冷冷的目光，与额头上的刀疤，分明是那个与我一起竞争婴玫的男人。

婴玫赶紧放了窗帘，我感觉到她心跳得厉害，因为我们距离很近，她分明很怕这个男人。

"这个男人是谁。"我问道。

她沉默了许久，缓缓地说："实话告诉你吧，这些人都不是什么好东西，什么事情都干得出来，你现在总该知道我为什么会在这里出现，因为我无法离开！这里每一个星期就会有一次这样的神秘聚会。"

她看着我，大颗的眼泪掉了下来："丁阳，你是不是嫌弃我了？你不是怀疑我身上为什么会有那么多伤吗，就是被他们打的，如果我再逃离，他们就会要我的命。刚刚放在麻袋里用车子带走的就是一个逃走的女人，她被他们抓回来了，毒打之后又杀害了她。"

我听得毛骨悚然，又气愤又心酸，我觉得我是个男人，有义务救出我心爱的女人，我紧紧地抱住她："我带你走。"

"不行的，如果没有一千万，他们是不会让我离开的。"

"一千万？"我呆住了，这几乎是我所有的财产啊，而且如果不是伯父留下的钱，我根本连十分之一都拿不出来。

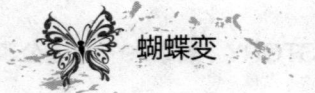

　　"他们是不想我们离开的，所以才会开那么大的价，算了，就让我死在这里好了。"

　　我有点心烦意乱："我们可以报警啊。"

　　"不不，"她急急地摆了摆手，"他们的手下很多啊，什么事都干得出来，我每次逃走都被抓回来，如果报警，他们就会怀疑我们了，因为他们知道我们关系比较密切，那样，我们都会死得很惨。"

　　我的内心极度挣扎，难道真要拿出我所有的财产去救婴玫？此刻她是那么楚楚动人，令我怜惜，但如果要我为她付出如此大的代价，我迟疑了。

　　这时，我想起了赵楚，差点跳了起来，赵楚应该没事吧？于是给他打电话，手机却是关着的，但我又不知在哪里可以找到他。

　　这么胡思乱想着，就睡去了。梦里，真的梦到了赵楚，他身上脸上全是伤，被几个男人按着，而那个刀疤男人用枪口对着他的脑袋，他对我喊："丁阳，救救我。"

　　我大声地朝他们喊："你们干什么，快放开他。"

　　而那刀疤男人却冷笑着，然后把枪口转向了我，在他要扣动扳机的一瞬间，我就惊醒了。发现自己仍然还在房间里，而窗口已经有点微亮的光了，看看时间，凌晨六点。而婴玫在我身边睡得很安静，我知道，此刻，我无法带她走。

　　我想离开这里。

　　开了门，发现门口有两个人在巡逻，他们看着我，也不闻不问，我迅速逃离了这个地方。

3

　　婴玫其他时间还算自由，但每到周末，她必须去那个别墅，每当我想起她会跟某个男人在一起，心里就难受。

想想古时多少皇帝为了美人而弃江山，我为什么就不能做到这一点呢？何况婴玫的美是每个男人都梦寐以求的，美人相伴，一世无憾，要那么多的钱财有何用，只要跟心爱的女人安静地度过一世，温饱足矣。

当我对婴玫说准备把她救赎出来的时候，她抱着我哭了。

交货的地点就在那幢别墅，平时的别墅显得冷清异常，当我扛着一大麻袋现金进去的时候，外面的门突然被关上，我惊呆了，他们想干什么？

只见那个脸上有刀疤的男人看着我，漫不经心地说："你把女人也看得太值钱了。"

"婴玫呢？"

他打了个响指，婴玫笑盈盈地出来了。

我忙去拉她的手："婴玫，我们走。"

他们却突然哈哈大笑，而婴玫笑得更响，好一会儿，她说："我们能走得掉吗？对了，忘了告诉你，那天我们躲在房间窗户里看到的那麻袋，装的是跟你一样傻的男人，而不是什么逃走的女人。"

我强装镇静："婴玫，到底怎么回事？"

"就让我来告诉你吧。"刀疤男人说，"最近那些有钱人失踪的消息，相信你也在电视或报纸上看过吧，他们现在就躺在河底下呢。而你，马上就要去跟他们做伴了。让你死得明白点吧，就因为你继承了大批财产，成了有钱人，才让婴玫去勾引你，取得你的信任，套取你的财产。"

"他说的是真的吗？"我呆呆地看着婴玫说。

"对不起，是真的。"婴玫轻轻地说。

"告诉我，你是被迫的，这不是你愿意做的。"

婴玫低下了头，说："我是个孤儿，七岁的时候就跟着他，他救了我，他是我的男人。丁阳，这是我的宿命，我认了。"

我觉得悲哀，突然想起那杯叫"蓝火焚心"的酒，看起来那么美丽，

其实有毒。

这时，几个男人向我靠近，我猛地拉过了婴玫，从口袋里摸出枪对天开了一枪，又顶着她的脑袋："谁敢上来我就杀了她。"

他们一时不敢轻举妄动，而这时，外面传来了激烈的警鸣声。一切都变得混乱起来，枪声响彻着整个别墅，婴玫也中了一枪。

这时赵楚与警察们纷纷涌了进来，这些人没有一个逃脱掉，最后都乖乖地缴枪投降，这个无恶不作的地下组织就这样被彻底倾覆了。

而赵楚笑着对我说："他们还想敲诈我呢，以为我也是公子哥儿。"

我拍了拍他的肩膀："快点送婴玫去医院。"

4

我坐在婴玫的身边，穿着警服，缓缓地说："婴玫，我不过是一个小警察，那些所谓的遗产是假的，是为了破近日来，身具巨资男人屡遭杀害的案件。赵楚是我的同事，我们发现他们在酒里都放了毒品，这些毒品服用过量就会致命，还有涉嫌卖淫，勒索，杀人，这些人简直是无恶不作，你手上的伤也无大碍，但是，你参与欺诈性活动，所以你会……"

婴玫笑了，笑得有点凄凉："几年？"

"三年。"

她一时沉默了，然后轻轻地叹了口气："我没想到他会朝我开枪，丁阳，你为我做的一切都是为了工作，对吗？"

我点了点头。

"那么，你喜欢我吗？"

我轻轻地说："我爱你。三年不长，我可以等你。"

她突然就哭了，然后又灿然地笑了："等我就不必了，你来看看我就好。"

　　我点了点头："会的。"

　　此时正是午后，阳光很好，我突然想起了我第一次遇见婴玫时，也是一个阳光灿烂的午后。她对着我笑，灿若桃花。

STORY 故事20 飘浮的红丝巾

第一次，她感觉自己的身体与灵魂离得那么远，远得像是分离了很久，很久。

1

凌晨一点，莫可可独自回家。

约会结束时，郁林要送她回来，因为她喝了点酒。郁林送她回去的原因有两个，一是出于关心，二是可以制造暧昧，她当然明白。她是自己开车过去的，所以以此为由坚持自己回去。虽然她喜欢郁林，但没有发展到跟他同居的地步。骨子里，莫可可还算是传统的女子。

她把车开到地下停车场，她的车位在最里面。停车场很大，灯光昏暗，而且好几个灯泡都坏掉了，她便拿出手机照明。她的高跟鞋在深夜的地下室听起来格外响亮，在空荡荡的停车场里带着回音，听着听着她就开始害怕了，仿佛踩着高跟鞋的是另一个女子，一个完全陌生的女子，而不是她自己。

经过几辆车时，她无意中看到车子的反光镜里，闪烁着一双冷森森的眼睛，她尖叫了一声，然后狂奔起来。

出了停车场，就是她的那幢公寓楼，楼下的锁突然出现问题了，她好不容易打开了却锁不上了，她诅咒着物业管理。然后直奔楼上，她住的是五楼，没有电梯。这幢楼是旧式公寓，楼道窄小，上面是感应灯，亮的时间极短。她几乎是一口气跑上去，楼道的灯亮着又飞速闪灭。

她打开了房门，当狠狠关上门的那一刻，分明看到楼道的拐角处，有一个黑色的影子。

莫可可把桌子上的相框拿了下来，那是她与前男友在海边公园的合影，她把它揣在怀里。一年前的今天，她没完没了地唠叨："赵克，我们在一起三年了，你是不是厌倦我了，如果是，我们分手吧。"

没想到，赵克真的点了点头："我们分手吧。"

然后头也不回地走掉，留下莫可可在冷风中发呆。然后他就像在地球上消失了一样，她再也找不到他。

莫可可像往常一样，来到那家咖啡馆，这是她与赵克来得最多的地方，她总以为他有一天会回来找她。但是，一年过去了，他毫无音讯。

莫可可坐在老位置，新来的服务员是一个帅气的男孩，他给她端上了一杯意大利咖啡，她有点惊讶地看着他。他笑笑，指了指吧台："她们说你喜欢喝这个。"

她也笑了，朝吧台点了点头。

此刻，她在等人，等这个叫郁林的男人，如果感情可以替代，她想郁林是唯一可以替代赵克的男人。他本来是她的客户，认识一年多了，一开始他就追求过她，因为赵克，她没动过心。但现在，她是那么迫切地需要一个男人的关爱，那个旧公寓的一切都让她害怕，所以，她答应他的所有约会。

郁林来了，捧着一束向日葵，这使他看起来有点怪异。因为很少有人会送这种花，但莫可可明白，她最喜欢的植物就是向日葵。

郁林点了瓶红酒，他举着红色的杯子，说："可可，你在我的眼里始终是一个特别的女子，有一种漫不经心的美。"

莫可可猛喝了一口酒，她已经很久没有听到赞美的话了，自从赵克离开后。那些可疑的影子让她害怕，让她神经衰弱，患上了失眠症，但又不敢告诉郁林，怕他感觉她精神失常。

她这次故意把自己灌醉，想要一次彻底的放纵。只是很快她又心神不宁了，那种熟悉的感觉又出现了，她总感觉有一双眼睛在盯着她，她看了看周围，人很多，却没什么可疑的人。

"你怎么了，脸色有点难看，不舒服吗？"郁林关切地问道。

"我们回去吧。"莫可可摇了摇头。

莫可可坐在他旁边，这个英俊的男人，让她有种想靠岸的感觉。他并没有启动车，而是一直看着她，他的眼神逐渐暧昧起来，莫可可感觉心里发痒。郁林的脸终于凑了过来，温厚的唇让莫可可的心开始发烫，他们抱在一起亲吻着。

"砰"的一声巨响，他们吓呆了。只见车窗出现了一个窟窿。那些玻璃碎片溅到向日葵上，有一种残缺的美。而莫可可又一次在反光镜里看到那双冷森森的眼睛，一闪而过，她打了个寒噤。

"郁林，我跟你回去。"她从来没像现在这么坚定过。

3

郁林住的是落地式房子，属那种欧式小别墅，周围植林茂密，乍一看，这房子像是隐于树木之中，虽然环境很幽静，但看起来难免显得冷清。

前面有一个小花园，红艳艳的蔷薇爬得满园都是，房子的周围有好几棵无花果树，散发着一种特有的清甜味道。

他把她带到四楼，她看到客厅里挂着他与一个女人的婚纱照，那个女人高挑，漂亮。她盯着他，听他解释。他边泡茶边说："她是我的妻子，她在一年前跳楼自杀了。"

莫可可感到心里有一股寒意在升腾，她强作镇定，指了指窗口："是不是从这里跳下去的？"

"不，是从阳台。"

莫可可缓缓地走向阳台，句下望去，只见下面有一棵高大的无花果树，而此刻风很大，呼呼地刮着，树在哗哗地响，整个都在摇晃着，像一个女人的悲鸣。这时，突然有人抓住了她的肩，她尖叫了一声。

郁林手里的牛奶晃出了大半，撒了她一身："你怎么了？脸色这么苍白。"

莫可可摇了摇头，她感觉自己周围隐藏着什么可怕的东西，具体是什么，却又说不上来。难道这一切都是自己的幻觉？但她现在想努力去弄明白，为什么会有这种感觉。

"她为什么会自杀？"她盯着他的眼睛，想要把他的内心看穿。

他沉默了一会儿，缓缓地说："我们结婚后，她怀孕了，十个月后还不见胎动，解剖出来却是个死婴，后来她老是拿着枕头当婴儿，给它穿衣服，甚至灌牛奶，还常常站在阳台上，对我大叫，说孩子在无花果树上跳来跳去。我当时吓呆了，请来了医生，医生说她精神受了刺激，出了点问题，给她吃了些药，暂时让她安宁。后来，她就从阳台上跳了下去。"

莫可可听得全身发冷，郁林轻轻地抱着她："别害怕，有我呢，我一定会好好保护你的。"

他温柔地亲吻着她，她的呼吸慢慢平静下来。而她的目光却停留在婚纱照的女人身上，她穿着暗红色的旗袍，神情自若，而那双眼睛却是那么幽怨，直直地盯着她，仿佛恨她抢去了她的男人。

莫可可闭上了眼睛，她不能再让自己想象，不然自己会疯掉的。郁林牵引着她的身体，她却没有任何感觉，第一次，她感觉自己的身体与灵魂离得那么远，远得像是分离了很久，很久。

4

　　莫可可暂时住在郁林的别墅里，因为这里跟她那幢旧公寓比起来，她感觉要舒心得多，因为这里至少还有郁林陪着她。

　　郁林的保姆，是个四十来岁的女人，衣着朴素，看起来很干净，皮肤素白，五官也精致，是个不失风韵的女人。只是她有点奇怪，好几天莫可可打开卧室的门，发现她就站在门口，吓了她一跳，而保姆却笑着说："这几天发现了一只老鼠，我怕蹿到你房间，所以到处找。"

　　郁林忙于事业，偶尔也会不回来，或者回来得迟，而有保姆在，莫可可也宽心得多，还可以找她聊聊天，或许对郁林可以了解得多一点。

　　她们在客厅看电视时，她问她："郁林以前的妻子，到底是怎么一回事。"

　　保姆叹了一口气："她命不好，小时候家境不好，过得很苦，而林先生却很喜欢她，于是便嫁了过来，林先生对她很好，她很会打扮自己，很惹人关注，更会讨人欢心，只是她却生了个死婴，后来精神错乱，跳了楼，真可惜。"

　　"那么，他以前有没有什么女人？"

　　"有，他们关系很好，而且相处了五年，只是他们去攀岩的时候，她的保险带松动了，从山崖上掉了下来，但是，却一直找不到尸体。"

　　"你是说……"莫可可脸色苍白，"你去睡吧，我也去睡了，很困。"说完，便回了房。

　　她越想越可怕，郁林以前的女人不是失踪，就是死掉。那么，接下来除了我，还有谁？她突然想起了什么，就跳了起来。

　　是的，她要找出蛛丝马迹，她要搞清楚心里的谜。因为她现在的处境越来越危险，于是她拼命翻柜子，正翻着，门铃响起。郁林回来了，她只得把东西塞回原处，理了理头发，强作镇定。

这时，郁林笑着走进来，双手拢在背后："你猜猜，我给你买了什么东西？"

莫可可摇了摇头："不会是吃的吧？"

"你个小馋猫，就知道吃。"然后他拿出了一个盒子，他打开盒子，里面是一条血红色的丝巾！

"喜欢吗？"

"喜欢。"她强颜欢笑。

"我给你戴上看看。"郁林把长长的丝巾围在她细长的脖子上，一圈又一圈，她有一种恐怖的预感，他要勒死自己！

"不。"她尖叫了一声，然后把丝巾从脖子上抽了下来，大口地喘着气。

"你怎么了？"

"没，没什么，只是有点不舒服，我想睡一会儿就好了。"

"那就早点睡吧。"

莫可可点了点头，然后顺从地躺了下来，她虽然闭着眼睛，却怎么也睡不着，她感觉自己随时会被身边的男人杀死。

过了许久许久，她终于撑不住了，意识开始模糊。她看到一个额头上淌着血的陌生女人，跌跌撞撞地向她走来："郁林是个杀人狂，他杀了我，把我从山崖上推了下去……"

她一直不停地说着这句话，然后颤巍巍地走远，而婚纱照里的那个女人又出现了，她左手拿着红丝巾，右手抱着一个木头刻的婴儿："要不是郁林喜欢上了你，他不会害死我的，还有我的孩子，我苦命的孩子，现在，我要你还命来。"她突然丢掉手中的木婴，然后用红丝巾狠狠地勒住莫可可的脖子。

莫可可从噩梦中惊醒过来，大口大口地呼着气，而身边的郁林却熟睡得像个婴儿。好一会儿才平静下来，她颤着手，轻轻地抚摸着他的脸，心里扭曲般的痛苦，看起来这么纯洁的男人，怎么会是个杀人凶手。

5

第二天，郁林一去上班，她就开始发疯般地寻找起来。

是的，她一定要找到证据，然后将这个杀人狂绳之以法，她不能无辜地死掉。

她发现最里层的几个抽屉上了锁，此时，她什么都不顾了，用螺丝刀撬开了锁。其中一个抽屉里面有一叠带子，她一张一张地放，最后看到一个男人与女人在一起的情景，那女人是他的妻子，而男人却不是他。她突然明白了，当郁林知道自己的妻子与别人有染后，就把她杀掉，而且那个孩子很有可能不是他的。想到这里，她有点激动。

片子放完了后，她注意到电视机屏幕反光里，有一个人的影子，她猛地回头，却是保姆，她就站在她背后。

她激动地说："他是个杀人狂，你看这个带子，分明是他捉奸时的证据，他痛恨她的背叛，把她给杀了。"

保姆叹了口气："我在他家干了这么多年的保姆，在我二十五岁的时候，就在这里呆着了，这人是比较狠，我亲眼看过他把一只兔子撕成两半，多可爱的兔子啊，我都不大相信他会做出这种事。"

"那么，他妻子真的生了一个孩子？"

"是的，当时时间紧，就叫了人过来接生，我也在旁边，那孩子当时也好好的，哭得厉害，后来就由郁林抱着。第二天，他却说孩子死掉了，我也看过那个死婴，全身发紫。他给了我一些钱，叫我把他埋了，还特意吩咐我不要告诉别人，如果说起，就说夫人生的是个死婴。后来，夫人精神就开始错乱了。"

莫可可突然说：“你把他埋在哪里？”

“阳台后面的那棵无花果树下。”

莫可可沉思了一会儿，然后一字一顿地说：“如果没猜错，他那失踪的女友就在下面。”

6

夜深十二点，莫可可看着旁边的郁林发出均匀的鼾声，悄悄地起身。她不能容忍自己跟一个杀人狂呆在一个房间。所以她一定要找到证据，越快行动对自己越有利。

她悄悄地起身，叫醒了保姆。两个人扛着工具，来到后院。

后院很大，有好几棵无花果树，还有一些藤科植物。很远处才能看到另一户人家，所以，她们的行动惊动不了别人。

她们在最大的一棵无花果树下开始挖掘，挖到了一个小木箱，散发着一种可怕的恶臭，莫可可捂着鼻子，倒退了一步。保姆平静地说：“这个就是婴儿，不用打开了。”

然后她们继续挖坑，挖了一个很大的坑，却没有挖到什么东西。

这时，保姆却不动了。

“不用再挖了。”

“为什么？”莫可可不解地看着她。

“因为这个坑刚好可以容下你。”

保姆的目光散发着一种很邪恶的光，而她的表情是那么的诡异与阴冷，莫可可不由得打了个寒噤。她突然感觉这目光是那样熟悉。然后她想起这女人始终穿着黑色衣服，那么楼道里的黑影，反光镜里的眼睛……

“跟踪我的人是不是你？”莫可可有点明白了。

她冷笑，然后从怀里摸出一条丝巾，红丝巾！

"你很聪明，但是，你再聪明也逃不出我的手心。郁林是我的，任何女人都不能得到他，但他不爱我。所以，我得不到的东西别的女人也别想得到。那个失踪的女人是埋在这里，是我把她引到这里，杀了她，然后编了谎。这样你就会怀疑郁林，他的妻子也是如此，是我把她推下楼的，婴儿是我弄死的，我只是给他喂了一点点药而已。你现在可以死得安心了吧，你们谁都抢不走郁林，现在，就让郁林送你的这条红丝巾送你到天堂吧。"

她的脸色变得越来越可怕，说完后她就恶狠狠地扑了过来，用红丝巾缠住了莫可可的脖子。莫可可拼命挣扎着，用力地掰她的手。而她的力气是那么大，柔弱的莫可可怎么能抵得过？她感觉自己一点一点进入窒息状态，意识开始模糊。

脖子上的丝巾突然松开了，她以为自己死掉了。她睁开了眼，却看到了郁林站在面前，而保姆倒在地上。

郁林抱着她："可可，你没事吧，我终于知道我以前的女人是怎么死的了。可可，对不起。"

这时，警笛响起，手里拿着红丝巾的保姆被带上了警车，而莫可可还是忍不住大声哭了。她不知道，是任性的哭泣，还是因为害怕与压抑终于找到了发泄的出口。她只知道，这些天来的噩梦，终于结束了。

好好的一个女孩，为什么要私自给别人
投人身保险，而受益人却是她自己？

1

　　我在保险公司上班的第二天，遇见了单容容。

　　单容容很瘦，很白。那么冷的天气，她却只穿着一件单薄的网衫，那手细得可怜，就像婴儿的手，但却没有婴儿那么有肉感。

　　反正我一眼见她，就感觉她全身冰凉冰凉的，像冬天里搁置在角落里的瓷器，冷落，寒碜，却透着一股清冽的沉默。

　　单容容向我咨询人身保险，作为一个保险行业的新人，我不厌其烦地向她解释说明，当然是想拿下这一笔业务。

　　了解情况后，单容容说要给某个人买一份保险，要求受益人是她。

　　"被保险人跟你是什么关系，我有义务了解这种关系。"

　　"是我的……一个朋友。"她迟疑了一下说道。

　　从她闪烁的目光里，我猜得出这个朋友跟她关系非同一般。于是我跟她说了保险法上某些规定，作为非直属亲戚与没有经济利害，没有法律承认的可保关系人，是不能作为保险受益人的。

　　"那怎么办？"她可怜巴巴地看着我。

　　"办法还是有的，只要你跟他有了法定的夫妻关系，你就可以作为他的受益人。"

　　她若有所思地看着我："那好吧，我过几天再来找你。"

　　我看着她的背影，真有点失落，一笔业务就这么生生地跑掉了。但是，我是讲原则并尊重公司制度的人，不想骗人家钱。

　　可是，我想不明白，好好的一个女孩，为什么要私自给别人投人身保险，而受益人却是她自己？

想着她那单薄的身子，我叹了口气，女人心，海底针，谁能猜得透呢。

2

我虽然干保险这行没多久，但接触这行业却很久了，因为，我哥就是干这行的。

我父母去世得比较早，所以我们一直相依为命。自从我哥张明参加工作之后，很快就结婚了，但离婚也快，之后买车买房。所以在我心目中，对这行业充满向往，感觉它一定可以让人赚很多很多的钱。

当我终于如愿以偿地进入这个行业时，发现这行业的人大多是走马观灯。倘若真有这么好，人家也舍不得走啊。事实上，像我的顶级领导薪水一年也没过十万，这已经算是这行业的佼佼者了，而我哥的薪水，我从背地里打听，还不超这个数，虽然，他也是领导级的人物。

因为我们是兄弟的缘故，为了避开一些闲言碎语，哥把我安排到另一个办事处，但还是属于同一家保险公司。于是，我离家便有了点距离，只能每个星期回一次家。

我想，这次回去要好好跟我哥探讨一下怎样赚钱。因为这房子终究是他的，而不是我的，我也需要一套房子。

回到家门口，看到家里亮着灯，于是我便按了电铃。开门的居然是单容容，这是我做梦都没想到的。

"你是？"她看到我也愣了一下。

"这是我家。"

"原来你就是张白玡，快进来吧。"

哥看到我很高兴："真巧，我们今天刚好领了结婚证呢，准备好好庆

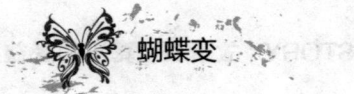

祝一番，你回来的正是时候。"

难道单容容要投保的人就是他？刚拿了结婚证，除了他还有谁？估计我哥对单容容给他投保的事毫不知情。

我木木地卸下行李，看着单容容笑得甜极了，跟当时那个看起来很可怜的女子还真不像是同一个人，但她们分明又是同一个人。

我总觉得她的一双眼睛没离开过我，虽然有时不看我，但是那余光像烟雾一样在我身上萦绕，令我浑身不自在。

"你们继续，我吃饱了，还有很多东西要收拾。"说完，我就回自己房间了。

回到房间，我一直在想，这个单容容给哥买保险，而受益人是她，这是她领结婚证的真正目的？或者，她不但想要得到那份保险赔偿金，还想得到这幢房子。

一想到这里，我就没法安心，我一定要把这件事弄个水落石出。

哥房间里的闹腾声终于安静下来了，我决定下楼，好好地视察下，看能不能发现什么不妥之处。

可当我打开门的时候，蓦地看见单容容那张毫无血色的脸。她全身只穿着一件薄薄的吊带睡裙，轻轻地说："我能在你房间睡一会儿吗？"

3

我刚想拒绝，她已经从门缝里挤了进来，这个时候，我能怎样，我能把她整个人给甩出去吗？

"请你出去，我不想让哥误会。"我说。

"这个时候，他睡得跟猪一样，你喜欢我的，对不对？"

"瞎说。"

她冰凉的手臂突然绕着我的腰，然后紧紧地抱着我，幽幽地说："其实，我们都是同一类人，都是世界上最可怜的人，没有父母来疼我们，连唯一的亲人，也不会再疼我们了。"

"你说什么？"我实在不明白她的意思。

她突然笑了："你也想要一幢这样的房子，想要一个漂亮的女人，对不？"

我没回答她，她继续说："我准备明天给你哥买一份人身保险，如果你能跟我在一起，那么受益人，我可以写你。"

我后退了一步："你想干什么？"

她欲言又止，很久，她长长地叹了口气，又紧紧地抱着我，像抱着水里唯一的一块浮木，我没法大喊大叫，然后推开她，我总不能跟我哥求救，说他的小妻子在非礼我，但她弄得我一身燥热。

"我求你了，你回去吧。"我说。

这时，她突然变得冰冷："你答不答应我的要求？"

我低声咆哮着："我不能，他是我哥！"

她从门口走了出去，我看着她的背影，像飘在空中的叶子般晃晃悠悠，眼里像是进了沙子般难受，但是，我仿佛看到我哥就站在他房间门口看着这一切，我全身一冷，赶紧把门给关上。

我依旧在想着那句话的意思："我们都是世界上最可怜的人。"

4

第二天，趁着单容容不在，我对我哥说："你最近……还是小心点好。"

他大大咧咧地说："怎么啦，你说开车小心还是走路小心。"

我一时接不上话来。

这天晚上我就回单位了，但心里始终放心不下我哥，总觉得单容容会对他下毒手。于是没过几天，我又回家了。

他们表面上看起来没什么异样，但我哥的脸色有些难看，我想我一定要告诉我哥，好让他早点识破这个居心叵测女人的真面目。

"嫂子给你买了份人身保险。"我如实说了情况。

他愣了一下，然后笑嘻嘻地说："噢，这样的，我也给她买了份。"

这时，我无语了，难道真的是我多心了？

这时单容容又来到了客厅，拿着两杯饮料，一杯放在我哥面前，一杯放在我面前："我给你们弄了核桃豆浆，快喝吧，这东西很好的，补脑又补身的。"

哥把杯子举了起来，我神经质地叫："别。"

他奇怪地看着我，然后一股脑地把豆浆给喝掉了，而我拿着那杯豆浆，却迟迟不敢喝下去。

没过一会儿，哥就瘫在沙发上，打起了呼噜。

"你在我哥的豆浆里放了什么？"我大声咆哮道。

"一点安眠药罢了。"单容容淡定地说。

"你到底想怎么样？"

"没什么，以其人之道还治其人之身罢了，我一直怀疑我表姐是被他害死的！"

"你表姐？"

"是的，就是你哥的前任嫂子，你知道他的房子车子是怎么买的？就是用他老婆的保险买的！"

"她不是出车祸死的吗。"

单容容冷冷地笑："是的，难道你不知道你哥一下车，你嫂子就出了车祸？"

说完，她拖着我哥去阳台。

STORY 故事21 真正的受益人

就在单容容把我哥推下去的一刹那，我准备好的绳子套上了单容容的脖子，然后把她拖到大厅里，吊在了天花板上，接着抹掉我在家里面的痕迹。这一切，看起来像是单容容为了给表姐报仇，把张明给杀了，然后又畏罪自杀。

出门之前，我又看了看我那杯豆浆，一共就两杯，我那杯没喝过，没破绽。

当我走出大房子的时候，我心里乐极了，是的，我给他们每人保了一份单子，还有这个房子也属于我了，不过这房子我才不住，死过人太不吉利了，我要把它卖掉，换一幢别墅住住，反正到时我有的是钱。

对于哥的死，我没有一点难过，这种人不值得难过，他既然会害死前嫂子，可见他有多心狠手辣，迟早也会打我的主意。因为，我们根本就不是一个娘生的，更况且，我用木马进入他的电脑，发现他给我与单容容各保了一份单。

而对于单容容的死，我却有点难过，但有了钱，还会缺女人吗？这么一想，我心里就平衡了。

5

不出所料，警察果然来通知我，关于我哥和嫂子的死讯。

我扑在他们的身上，号啕大哭一番。想着很快就可以拿到受益钱了，心中窃喜，但警察却给我戴上了手铐。

"你知道是什么东西出卖了你？"

我茫然地摇了摇头，他指了指豆浆杯："上面有你的指纹。"

这时警察又说："在你哥的床底下，发现了一把马刀，还有在单容容的家里，发现一份保险单子，是给你哥还有她自己保的，受益人，都是你。

对了，还有份遗书，你自己看吧。"

我双手颤抖地打开了它：

我之所以填你为受益人，是因为我觉得这场事件中，你是唯一的受害者，而你的命运跟我如此相似，同样的早年失去双亲，而现在，你又要失去唯一的亲人，虽然，你哥是个坏人。所以我只能借这个方法来补救对你的过错，希望你能原谅我，还有，从我第一次见你的时候，我就觉得，你是一个善良的人，跟你哥不一样……

我瞬间呆住了，原来单容容早就决定给亲手抚养她长大的表姐报仇，把张明给杀了后，便自己做个了断，但是，她为什么要对我这么好？

我突然想起那天晚上她对我说的那句话，再也忍不住哭了。

STORY 故事22 索命梯

　　当电梯缓缓打开的时候，里面空无一人，但是，却有一双鞋子，一双珠光红的高跟鞋。

1

张克远远就看到了那幢大厦，心里很兴奋。

走进大厦里面空荡荡的，楼也挺旧的，可能自己来得早，只有个在打瞌睡的保安趴在值班室的桌子上。于是他便进了电梯，按下十八楼，这是他新面试的单位地址。

他已经失业大半年了，半年前那场交通事故后，便一直在家休息，所以对于这次面试，他十分看重。一进电梯，他就翻自己公文包里的各种资料，怕什么东西没带齐，确定好后，又盯着电梯里的反光镜，整了整衣服，理了理头发，看看自己的形象，还算干净利落。

这时，他注意到光亮的壁面，竟然有一个女子的侧影，他猛地转身，却看到一个女子就站在他的侧后面。他吓了一跳，刚才进来的时候，里面好像并没有人，难道是自己刚才过于紧张于面试，没注意到身后有人？

这时，他又看看指示灯，这才注意到二十楼的灯是亮着的，他轻轻地吁了一口气，看来，这灯是身后女子按的。他注意了一下女子的打扮，一头烟花烫的长发，戴着一顶淑女帽和一副蛤蟆镜，头低着，只能看到脸很白，唇很红烈，穿着一件很性感的黑底红花旗袍，脚下蹬着一双珠光红的高跟鞋。他有点纳闷，这么光彩明亮的女人，刚进来的时候怎么没注意到。

他觉得这女人的打扮有点奇怪，好像不是这个时代的人。

他再看看手机上的时间，七点二十分，这女人真早，看来以后得注意二十楼是什么单位，或许改天可以跟这个女人套套近乎。

他出电梯的时候，回头看了那女人一眼，只见那女子依然低着头，靠在右侧的角落里，有着说不出来的慵懒之美。

到了十八楼，他向右看，看到"博语影视工作室"这几个名字，但里面的门还关着，看来，他真的来早了。楼道里空空荡荡的，有点阴冷，他不禁缩了缩脖子，坐在外面走廊椅上等。

这时，来了个三十岁左右的男人，张克马上迎了上去："请问，您是余先生吗？"

男人点了点头，张克忙笑着说："我是张克，是小苏介绍过来面试的。"

"噢，你就是张克，设计专业的吧，以前在传媒公司呆过的，会多媒体后期处理与图像制作。"

"是的是的，都没问题。"

"那就行了，今天咱就上班吧，这几天有几个片子要赶，晚上可能还得加班，有问题没？"

"没问题。"张克想不到事情会这么顺利，虽然小苏是打过包票的。

就这样，张克开始忙碌的一天。另外还有三个同事，一个美女两个帅哥，女的叫瑶瑶，男的一个叫小丁，一个叫雷雷。

一忙就忙到晚上十一点，余总跟同事分别和张克打招呼："回家吧，明天再继续。"

张克因为第一天上班，怎么着都要表现得比别人积极一点："你们先回去吧，我把手头的事先忙完，也快好了。"

2

同事便也陆续地走了，当张克把手头的事忙完，时间已是二十三点四十五分。

当他走进电梯，发现那个穿旗袍的女子也在里面，跟上午同样的装束，

这次，他禁不住说话了："真巧。"

女子笑着点了点头，却没讲话。

"现在才下班？"

"不，我是去上班的，我家住在二十楼。"

现在去上班，这个时间？张克不禁又看了看时间，时间指向零点整。

看她那身打扮，又想起她早上七点多也出现在电梯里，应该是那种在夜店上班的女人吧，于是张克便不问了，自言自语般地说了句："挺辛苦的。"

第二天早上，张克没去那么早，而是正常的时间八点来上班，他进大厦的时候，保安叫住了他："你是？"

"噢，你好，我是十八楼博语工作室新来的员工，请多多指教。"

保安点了点头，并没说什么，今天坐电梯的人多，他并没有看到那个艳妆的旗袍女人。

中间休息的时候，他想起住在二十楼那个穿着旗袍的女人，便问起同事。

他们一听到张克说起这事，一下子便噤了声，个个面露惧色，这时，搞拍摄的雷雷压着声音对张克说："你难道没发现，这里最高的楼是十九层，虽然，电梯上的按键有二十几层？"

张克张着嘴巴，半晌说不出话来："你是说，二十楼并不存在？那么，我昨天两次看到的女人是谁？"

那三个家伙便不再出声了，一个说有文件要打，一个说有片子要修，另一个说有照片要冲洗，各自借口忙活去了，似乎都想避开这个话题。张克越想越纳闷，他明明看到那个女人上了二十楼。

好不容易挨到下班，已经是晚上七点了，他故意磨磨蹭蹭最后一个走。是的，这事太奇怪了，他一定要把事情弄清楚，进了电梯，看着那些数字，他犹豫了很久，按下了二十。

很明显，这键是无效的，怎么按都无济于事，他感觉到额头开始冒汗了，只得按下了十九，电梯到了十九楼便停了下来。走出电梯，里面是黑幽幽阴森森的一片，很明显：这里是空置的，于是他便顺着楼梯往上走，却见天台的风呼呼地刮，还能看到天上的星星。

二十楼，是空荡荡的天台。

他使劲地咽了下口水，便往十八楼跑，电梯一开，便冲了进去，按下了一楼。这时，一个柔柔的女声从背后响起："怎么了，才下班？"

张克感觉到全身都起了鸡皮疙瘩，很不情愿地回过头，却看见是女同事瑶瑶，他长长吁了口气：'是你，吓死我了，你怎么才下班？"

"是啊，我去了一趟卫生间回来，发现你们都走人了。你怎么了，脸色这么难看？"

"没什么，可能是这两天加班太辛苦了没睡好。"

这时电梯灯突然就暗了，瑶瑶尖叫了一声，抓住张克的手。张克一下子也慌了，拼命按着应急键，这时，电梯里竟然传来了音乐声，还在吱吱作响，像是磁带转动的声音，接着响起了女声："天涯呀海角，觅呀觅知音，小妹妹唱歌，郎奏琴，郎呀咱们俩是一条心，哎呀哎呀，郎呀，咱们俩是一条心……"

"有……有鬼！"瑶瑶颤抖着声音。这时，灯突然又亮了，一切都恢复正常，电梯继续向下运行，一到底楼，瑶瑶疯了般地冲出大厦，差点被车给撞了。

张克吓出了一身冷汗，抓住了瑶瑶的手，说："我送你回家。"

3

把瑶瑶送回家后，张克拖着疲惫的身体回到家，已是半夜。这时，他突然想到了什么，给小苏打电话："这个工作室到底是怎么回事？你给我

介绍工作，不可能一点内情都不知道吧，不但电梯里有鬼，上班没几天，有一个女同事也差点出事，你给我讲清楚。"

"不会吧，有这么严重，说实话，我也不是很清楚，只知道余生那里很缺人手，你专业对口又急着找工作，就把你介绍过去了。"

"你知不知道那里很恐怖？"

"我倒是听余生讲过，这幢楼的前身，也就是十九世纪二三十年代，底下是上海豪华的歌舞场，上面住着一些舞女，其中一个叫黑玫瑰的舞女是个痴情女子，她给了她情郎所有的钱，等着他给她赎身，可等了很多年，他也没来赎她，直到她病死。后来，据说她的阴魂不散，一直在那地方不愿离去，只是为了等她的情郎回来。当然，这只是传说而已，这世上哪有什么鬼。"

张克全身冰冷，他喃喃自语地说："我看到她，看到她了。"

手机无声地滑落，重重地摔到了地上。

怪不得这个女人的打扮看起来有点古怪，原来是旧上海时代的舞女。

这夜，张克失眠了，怎么都睡不着。他困极了，迷糊间，脑子里突然闪现半年前的那场车祸。那天，他喝了些酒处于半醉的状态，却坚持自己开车回家。这时，已半夜，那条路原本就人稀，现在路上更是冷清，所以，他的车速加快，突然冒出一个横穿马路的女人，车子来不及刹车，把那个女人撞飞了。

当时他惊呆了，酒也醒了大半，忙下车去看情况，只见被撞的那个女人，脑后的鲜血像鲜花一样弥漫开来，额头渗着鲜血，他推了推那女人："你怎么样？"

只见那女人虚弱地睁开了眼睛："救我。"然后又闭上了。

张克探了一下她的鼻息，气息十分虚弱，当时他心里真的害怕极了，而且他还是酒后驾车，心里挣扎了一番还是逃了，他不想一辈子都在牢房里度过。

后来张克因为这件事再也没去上班，车子也不敢开了，从新闻里得知，那女人死了。

这晚，他又梦到那个女人，梦到那个女人全身破损不堪，歪着脑袋斜着一条腿不停地向他索命："你为什么不救我，为什么不救我，我要你还命来……"

张克从噩梦中醒来，再也无心睡觉，便开始仔细地想这件事与电梯里的遇鬼事件。张克的脑子里反复闪现车祸女人的脸与电梯女人的脸，越来越觉得长得像，而且同样化着艳妆，虽然衣服不一样，但那双珠光红的高跟鞋却是一模一样。

这时，张克一骨碌从床上坐了起来，浑身颤抖，大汗淋漓。

4

第二天早上，张克思索了良久，还是决定去上班，因为他身边已没有多余的钱了。失业半年，把他的积蓄都花光了，而车子一直锁在车库，不敢动它也不敢卖它，他怕有人会根据撞伤痕迹找到那天的肇事者，更怕想起那个女人。

他需要钱，而且这家公司给的待遇高，并不是那么容易找到的。而同事们也明显知道电梯里有鬼，所以，看样子那个舞女的幽灵并不仅仅是针对他，或者是他负罪感太重，想太多了。

这么一想，他便轻松多了，早上进了大厦，他等人一起坐电梯。这时，来了一男一女，张克便跟随他们进去，电梯里并不见舞女，看来那个舞女是怕人多的，他们按的是五楼与十一楼。

张克试探性地问："你们是在上面上班的吧？"

两人疑惑地点了点头，张克又说："对了，你们有没有发现，这个电

梯有问题？"

"有什么问题，神经病。"那女的白了他一眼，然后进了五楼。

那个十一楼的男人也摇了摇头："我在这里上班才两个月，没发现这个电梯有什么问题啊。"

张克便闭嘴了，难道只有他们公司的人才会碰到那个舞女？想到这里，他又有点紧张了，这时那男人也出了电梯，电梯里又剩下他一个人，他乞求着快快度过这十几秒，幸好，这次，什么事情都没有发生。

今天他并不见瑶瑶来上班，便问起小丁，小丁说："今天瑶瑶打电话过来请假了，唉，事情这么忙，她还要请假。"

张克忙说："她可能身体不舒服？"

小丁推了一下他："你小子，人家身体不舒服你都知道了啊？"

"我只是猜的，女孩子嘛！"

"也是，余总应该再请几个人手的，小气鬼。"

于是很不幸，瑶瑶的任务又落在了他这个新人身上。余总很关爱下属地拍了拍他的肩膀："没办法，最近太忙了，人手又不够，偏偏在这节骨眼瑶瑶又请病假，你做得不错也很勤奋，我会给你算加班费与加奖金的，过了这段非常时期，以后就不会这么忙了，好好干，小伙子。"

张克看着那一堆文件发呆，看来，又得加班了。不过这样也好，忙着就不会去想那些不该想的东西了。

这样一来，张克又工作到很晚。看了看时间，已将近十二点，而小丁跟雷雷不知何时已走掉了。他收拾了一下，关好公司的门，便走进楼道。这时，他想起那个该死的电梯，他转过身，想爬楼梯，但十八楼啊，而且半夜三更的，只得又按了电梯。

当电梯缓缓打开的时候，里面空无一人，但是，却有一双鞋子，一双珠光红的高跟鞋。张克心里发麻了，但是他又不想爬那十八层的楼梯，只得硬着头皮进去了。

当电梯门缓缓关上时，里面的灯突然忽明忽暗，隐约间，他听到了歌声："天涯呀海角，觅呀觅知音，小妹妹唱歌，郎奏琴，郎呀咱们俩是一条心，哎呀哎呀，郎呀，咱们俩是一条心……"

他感觉到自己的心脏快要炸裂了，这时，电梯突然停了下来，他看了看那闪着的指示灯，瞪大了眼睛，竟然是二十楼。

这时，电梯门又缓缓地开了，一阵阴冷的风吹了过来，张克浑身都哆嗦着，他又看到了那个女人，那个舞女，戴着帽子与墨镜，穿着黑底大花旗袍的舞女，就站在电梯口。

她的脚，是赤裸的。

她走进了电梯，没一丝声息，跟以前一样，站在张克的身后，并套上了那双高跟鞋，然后幽幽地说："真巧。"

张克木然地点了点头，此时，他再也说不出一句话来，电梯的灯又开始忽闪忽灭。这时，那女人幽幽地说："其实，我一直在等着你，等了快一百年了，终于等到你了，情郎……"

不知几时，女人已站在他的面前，这时，她突然摘掉了帽子，又摘掉了墨镜，她的额头，粘着大团的血。

本已昏昏欲睡的保安，被一声歇斯底里的尖叫声惊醒，只见一个神情失常的男人从电梯里跑了出来，然后疯了般地冲出大厦。

他跟在后面，却见那男人被一辆飞驰的出租车撞飞了，血流一地。

5

几日后，一个戴着墨镜的男人出现在大厦，一个新来的保安在站岗。

男人从容地进了电梯，进了十八楼，只是那个博语工作室的牌子被换掉了，换成了"电梯索魂工作室，欢迎来洽谈业务"的字样。

原来的大厦保安迎接了他，当然，他现在并不穿保安的服装："请问你找谁？"

"余生。"

"在里面的办公室。余总，有人找。"

这时，他看了一眼办公大厅里的一个女职员，她身边扔着一件黑底旗袍，跟一双珠光红的高跟鞋，她长得确实像他前女友。

进了余总办公室，他看到一个很老式的 CD 唱机里正放着老上海的旧曲，便拿出了自己的皮夹，皮夹里是他跟一个艳妆女人的合照，她在半年前一场车祸中丧生。

他从里面抽出了一张支票，余总接了过来："童叟无欺，谢谢苏老板惠顾。"

原来苏老板就是为张克介绍工作的小苏，他是在一家酒吧无意中碰到了醉酒后吐真言的张克，才明白，女友之死，原来跟他有关系。但是，他一直找不到证据可以控告张克，连他的车都没找到，当他在网上看到这么一家工作室，便心生一计。

此时的小苏重重地舒了一口气，并没有说什么，便走出了工作室，来到电梯前。

电梯，在他的面前缓缓地打开，两名警察从里面走了出来。

STORY 故事23 玫瑰女孩

　　她感觉到今天可能是自己的末日，而这些花，很可能就像上次那个出事的女孩一样，是她的祭品。

1

美女，流水，飘零的落叶，自然美景加美女，对摄影师是一种永不厌倦的诱惑。高远看着一张张唯美的照片，想着这期的照片估计都能上杂志封面，他对这次的拍摄效果非常满意。

从暗房里走了出来，他觉得有点饿，泡面已经吃完，又想起那个摆着一张臭脸的外卖员，想想，出去吃点也好，顺便散散步。

当他走到小区门口时，被一个卖花的女孩子缠住了："先生，买束花吧，好不好？"

高远深吸了一口气："玫瑰。"

他看了看那个卖花的女孩，眉清目秀，一头长发，二十来岁，应该还是个学生，他皱了皱眉头，说："我买了也没人送，我又没女朋友。"

他心里嘀咕着，今天好像不是什么节日吧，怎么会冒出一个卖花的。

"没女朋友最好啦，你可以买束给自己。"女孩笑靥如花。

"好吧，你这里有多少朵，我都要了，但是，以后碰到我离我远点。"

他实在缠不过女孩，就把花给买下了，女孩收过钱，开心地走了。他苦笑，宵夜没吃成，却买了束花，拿着这束花去吃宵夜也太招摇了吧，于是只得去旁边的便利店买了些泡面回去。

回来的时候，他经过小区门口，突然想起那个女孩拿着红玫瑰时的样子，确实很美，想起来令人心动。

想到这里，他快步回家，把花插好，然后打开某个网站，里面有一张图片，是一个女孩全身埋在玫瑰花里的情景，女孩仅露着一张脸，那脸很白，像大理石般凛冽冰凉，花很红很艳，整幅照片美得惊心动魄。

可惜，这不是什么写真照或艺术秀，这张照片是一个记者在某个案发现场抓拍的，照片里的女孩，死了。

2

第二天，高远加班回来，又在小区门口看到那个女孩，他没理她，急着逃脱她。

第三天，高远下班比较早，没看到女孩，居然有点失落。

第四天，高远参加完杂志社宴会，回来得比较晚，又在门口看到了女孩。

"先生，买点花吧，买几朵也行。"

他有点无奈："你干嘛天天在这里卖花？"

女孩低下了头"我妈病了，她就我这么一个女儿，所以……"

"噢！"高远的语气缓和了下来，"就因为这个？你也不至于非在这里不可啊。"

这时，女孩的脸涨红了："我是想碰见你。"

高远瞪大了眼睛，女孩继续说："我知道你是搞摄影的，曾经捧红过好几个女孩子，我一直喜欢你的东西，而且……"女孩的脸更红了，头低了下来，"我很仰慕你，我是真的喜欢你。"

高远笑了，却没有说话，他轻轻地抬起了女孩的脸。说实在的，除了同情外，他着实有点喜欢这个执著的女孩。

"你觉得我上镜吗？"女孩轻轻地问。

说到这里，女孩仰起脸，娇羞的脸颊在幽黄的路灯下，看得高远心里一动。高远想了一下，然后给了她一张名片："你明天去摄影棚找我，来

试下镜头。"

女孩接过他的名片，脸因为激动而绯红。

那一刻，高远有亲她的冲动，但是，抑制住了。

3

高远对女孩小亭的试镜非常满意，而且她骨子里有一种野性的东西，只有在他的引导之下，才能完美地表现出来。

小亭一下子成了他的新宠，同时，也成了他的新女友。

高远很爱小亭，小亭也很爱高远，除了爱之外，小亭也想成为高远镜头下永远的主角。事实上谁都做不了永远的主角，这取决于高远的工作，高远不可能让跟他合作的几家杂志都上同一个人的照片，做完一期也就一期，不可能期期都做，即使杂志社乐意，读者也不乐意。

小亭不喜欢他给别的女模拍照，特别是露点照，高远只能答应小亭尽量不拍这种。

这天，高远说自己有广告要拍，要迟点回家，小亭便无聊地呆在他家。其实小亭是一边上学一边走场的，时间高远都安排好了，在不影响她学业的基础上，还可以赚点外快。想想过几个月就可以毕业，小亭的心情就好了起来。

她睡了一会儿，然后爬起来用高远的电脑写毕业论文，但她打开高远的电脑时，不禁被里面的照片吸引住了，一张张地翻阅着，当她看到一张极为唯美的玫瑰花女孩照片时，她的手停住了。

她想起前段时间闹得沸沸扬扬的玫瑰花女孩死亡事件，于是就上网搜索那则新闻，她找到新闻里的图片，里面的女孩跟这张照片里的女孩是一模一样的！

小亭感到自己的血液在瞬间凝固了，这时，门外有钥匙转动的响动，她赶紧关掉了电脑，拿起了桌子上的一本杂志。

高远看起来心情很好，他一把搂着小亭，说："宝贝，我给你拉了个广告，明天晚上有时间吧，我们要去室外拍摄。"

"啥广告？"小亭漫不经心地问，努力抑制住心里的不平静。

"是一家生产精油的化妆品公司，我们要给他们的玫瑰精油做个广告。"

"玫瑰？"小亭禁不住打了个冷噤。

"怎么了？"

"没，没什么，我觉得很累，我先睡觉了。"

"好好睡吧，睡得好，才能拍出好效果，我去洗个澡。"

看着高远的背影，小亭跳出了一个念头，难道高远是玫瑰花女孩的凶手？

4

第二天，高远就来接她，同车的还有高远的助手小庄。

整个车里都弥漫着玫瑰花香的味道，小亭看了一眼后座的大袋子。高远说那里面装着裁剪过的玫瑰花，等下拍摄时要用到。"

小亭点了点头，却没有兴致再说话，她感觉到今天可能是自己的末日，而这些花，很可能就像上次那个出事的女孩一样，是她的祭品。

车子开出了城内，然后一路晃晃荡荡，来到了渺无人烟的山路，小亭想起了那个女孩的尸体也是在冷僻的野外发现的。

她盯着小庄，小主给她的印象比较好，勤快，又有正义感。有一次她亲眼看到他送一个老人过马路，她想他应该是个好人，现在，她把希望全

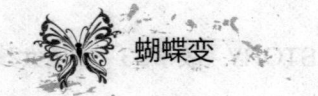

寄托在小庄身上，倘若出现意外，她希望小庄能救自己。

所以，借着高远搭棚子的工夫，她把小庄叫到边上，紧张地说："如果等下里面有什么不对劲，他一定要注意一下，还有我跟高远在里面的时候，你偷偷地注意我们，倘若高远对我不利，你立即报警，知道吗？"

小庄直愣愣地看着她，仿佛不明白她在讲什么。小亭又重复了一句："高远可能会杀死我。"

这时，他们的身后冷不防响起了一个声音："你们在干什么呢，不过来帮我的忙，扯谈些什么？"

两人吓得差点跳了起来，只见高远冷冷地看着他们，仿佛把小亭的话都听了进去，小亭与小庄只能跟着他回棚子，小亭已一副听天由命的心态，虽然她一直存着侥幸心理。是的，高远那么爱她，连她妈妈的医药费都是他付的，他怎么可能会杀害她？

化好妆，灯光道具都设置好后，小庄便出去了。高远一直不喜欢自己在创作的时候有第三个人在自己面前晃来晃去，小亭希望小庄就在棚子外面盯着里面的动静，不要离得太远。

拍了几张动感的有玫瑰衬托的照片后，高远动情地说："你知道吗，当你拿着一束玫瑰，站在我面前的时候，我就觉得我们会发生什么。"

小亭听得更是心惊肉跳，这话是什么意思，隐喻接下来要发生的事？她勉强地笑："嗯，你一直是我的偶像，我很开心，我们能够在一起。"

"现在，你躺下来，闭上眼睛。"

小亭只得顺从地躺下来，这时，她感觉到花香越来越浓，睁开了眼，只见高远在给她撒玫瑰花，把一大袋的花全倒在她的身上，然后，他理了理她长长的头发。难道这一刻就要来了？

一想到这里，小亭禁不住地恐惧。这时，高远突然扯住了她的头发，往她的脖子上勒，她拼命在挣扎着，呼吸着。这时，小庄冲了进来，手里拿着一块石头，一下就砸在高远身上。

　　高远闷声而倒，小亭长长地吁了一口气，终于摆脱了一个凶魔的魔爪："小庄，快扶我起来。"

　　"别动，别弄乱了这些花。"

　　小亭以为自己听错了，她瞪大眼睛看着小庄，小庄不知几时已拿起了高远的照相机，对着小亭不停地乱拍。

　　小亭正欲起身，却被小庄给按住了："我最讨厌你们这些女人，为了想出名，不惜出卖自己的色相。我也讨厌自己，喜欢拍照，却总是成不了成功的摄影师，沦落到只能给人家打杂的份儿，我恨你们，恨这个世界。"

　　这时，小亭才真正明白是怎么回事："不，我是真的喜欢高远，我们是真心相爱的。"

　　小庄不知道从哪里拿出一条丝巾，勒住了小亭的脖子："放屁。"

　　小亭感觉到自己的呼吸越来越虚弱，就在她昏迷的一瞬间，警笛声四起，然后，她什么都不知道了。

5

　　高远的头上缠着厚厚的绷带来看小亭，他握住了小亭的手："对不起，你的头发太长了，我移灯光的时候不小心扯住了你的头发，差点……"

　　"那么，你告诉我，你电脑里那张玫瑰花女孩的照片是怎么一回事？"

　　"是从网上下载的啊，我发现那个凶手不但杀了人，还把照片发到网上去。但是，拍得确实很美，我就把它下载到自己的电脑里。还好你事先报了警，否则，我们两个人都得完蛋。"

　　原来，小亭跟他们去野外拍照之前，事先报了警，为了配合警方把玫瑰花凶手抓捕归案，她在自己的包里放了警察给她的跟踪器，所以，一直暗中跟踪他们的警察才能及时抓到小庄，为她最好的朋友温温报了仇，那

玫瑰花女孩就是温温。

而小亭一直以为，跟温温合作最多的摄影师高远嫌疑最大，但是，苦于没有证据，警方也无能为力，于是她铤而走险，不惜牺牲自己，想法让高远露出马脚。

但是她没想到，杀害温温的凶手却是高远的助理小庄。

高远握住小亭的手，眼神充满着柔情："以后，你可不能乱怀疑人了。这世上，我最爱你，怎么会舍得伤害你。"

小亭重重地点了点头："嗯，我也爱你。"

她的手叠在高远的手上，因为患难，令她倍加珍惜这份感情。

STORY 故事24 重生

　　我那么爱他，爱得失去自我，他却不爱我，上帝为什么像一个不成熟的孩子，那么喜欢捉弄人？

1

我戴着一顶帽子，穿着宽大的 T 恤与齐膝短裤，坐在湖边，看着手中的鱼竿。

一个小时过去了，它依旧一动不动，虽然轻风佛面，湖水很清，四处芳草萋萋，垂柳依依，但是，我已经开始烦躁。我不明白，赵以轩何以那么迷钓鱼，会整个通宵地钓下去。

他对我，从没有如此迷恋过。甚至，他拥着我的时候，手指是松懈地张开，仿佛松弛的弹性腰带，不再那么紧密而贴切，有的只是倦怠。

我深吸了一口气，准备起身收钓竿，耳边响起一个温柔的男音："等等。"

我看到身后站着一个男人，年轻，瘦高，戴着一双黑框眼镜，背部微向前躬，手里提着一个篓子，还有一根收好的鱼竿。

这时我感觉鱼竿真的动了一下，却不知该不该收起来。那个男人已经放下手里的东西，提起了我的竿子，只见上面真的有一条鲫鱼在甩动着身子。

他把鱼放进了我的篓子里，笑着说："今天你总算有收获了。"

我淡淡地说："这收获的功劳还是属于你的。"

"呵，我叫高原，青藏高原的高原，难得碰到喜欢爱钓鱼的女子。"

我笑笑："我是个伪钓鱼爱好者。"

他指了指不远处的一棵柳树："那个位置，刚好可以看到你，刚刚的你，是跟大自然融合在一起的风景，很融洽，很美。"

"噢？原来你醉翁之意在不鱼。"

他有点不好意思地笑笑："我在乎的是风景，你恰恰是其中的一部分。"

我伸出了手："我叫彩云，名字有点土，但是，跟你的名字合在一起，是不是也算一道风景？"

"高原彩云？"他轻轻地念着，目光闪亮。

2

我穿着低胸的裙子，站在镜子面前，搔首弄姿，展露着自己的媚态，只是想知道自己哪种姿势最为迷人。有一种惑，叫媚术，恰露美态的女人，男人总是趋之若鹜。可是，什么样的男人，我都不在乎，我只要赵以轩。女人一动真情就易被专情伤，低到尘埃，执迷不悟。

朋友几次问我，他有什么好，整天游手好闲，不务正业。我实在说不出他的好，但一见他我却迷上了，或者，这叫频率对上了。

我终于找到了他的住处，他在上网，我凑近他的脸："晚上我为你服务吧。"

他皱起了眉头："我现在有事，你快回去，别胡闹了。"

我呆呆地看着他，突然感觉自己怎么就这么低，低到犯贱。

他接了电话，只说了很简洁的好字，然后对我说："我现在有事要出去了，你好好想想我们之间的关系。"

我站在那里，一动不动，他就这么走了，像避开一只苍蝇一样地避开了我。我开始疯了般地翻他的东西，在他电脑文件夹里找到了些照片，全是女人的走光图，不同的女人。照片上的相机型号跟他抽屉里的相机完全相同，他竟然跟踪女人偷拍。我不知道赵以轩除了爱钓鱼之外，还有这么一个猥琐的爱好。

我努力让自己冷静下来，然后走出赵以轩的房间，太阳真毒，我给高原打电话："今天真冷，能不能给我一点温暖。"

那边停了一下："饥饿会让人感到寒冷，我请你吃饭。"

高原把我带到海边，然后把我抱下来，坐在岸上："你失恋了？"

那一刻，我的眼泪开始决堤："我那么爱他，爱得失去自我，他却不爱我，上帝为什么像一个不成熟的孩子，那么喜欢捉弄人？"

他轻轻地抹干我脸上的泪，轻轻地说："我可不可以爱你？"

3

黑暗中，赵以轩铁青的脸有点可怕，我吓了一跳。

"干嘛不开灯，还有，你来我这里干什么，我们彻底结束了。"

赵以轩近乎悲愤地说："你跟谁都没关系，但是，我不希望你跟高原走在一起。"

我装作很吃惊："高原？噢，他是你的钓友吧，我为什么不能跟高原在一起？难道你们之间有什么不可告人的秘密？"

"算我求你了，彩云，我真的很爱你，只是，有些事真的是迫不得已，以后，你会明白的。"

"迫不得已？"我冷笑，"这年头还有谁会强迫让你喜欢谁或不喜欢谁？赵以轩，别编什么理由了，我不想再看到你这个恶心的伪君子了，你可以走了。"

赵以轩的脸色变得很苍白，沉默着走出去，而我的眼泪无声地滑落，我弄不明白，当初我为什么会爱得死去活来。

想起那天，我踩着单车，被人碰了一下，若不是赵以轩扶了一把，我已经掉进河里了。后来，还是他陪我去医院，帮我包扎擦伤的皮肤。我知道，当初我们是相爱的，如果我们能一直那样下去就好了。可我却不明白，他怎么会喜欢上那些乱七八糟的东西，喜欢追着各种女人拍照，却又那么有雅兴喜欢钓鱼。我真的不能明白这个男人，但我却明白，他对我的爱已经淡了，淡到可有可无的程度，结局便只有散了。

可是高原真的爱我吗？我心里很茫然，只是希望他能够填补我内心的空缺，这空缺是赵以轩带给我的。

4

我混进了钓鱼群，发现群里有人在讨论着某群友失足掉落水的事件，说那已经是第二个了。我找到了那个女群友，她的头像是灰的，她空间里有很多照片，看上去，很风骚也很漂亮。

点到其中一张活动照片时，我点鼠标的手指停住了，她的背后站着赵以轩，虽然只有半张很小的脸，但我却认得出，那是别人不经意拍到他的，而他们的集体合照里却没有他。

想起他的古怪，想起他总是在夜里拿起钓具出门，我越来越觉得可疑，甚至觉得她们的死跟赵以轩有关。

一想起这个我就开始颤抖，如果我不离开他，会不会成了第三个牺牲品？

5

高原的指尖修长而柔美，在我的后背划着一道弧，我想如果那道弧有颜色的话，肯定是一条七彩之虹。他喃喃地说：“你的肩胛骨真美。”

"赵以轩是你的钓友吧，我看到你们的活动照片。"我缓缓地说。

他有点紧张："别跟那个男人说话，那个男人很变态，到处追女人，喜欢拍那些色情照片。"

"那么，你有没有觉得钓鱼群里那两个女人之死跟他有关？"

高原的手停了下来："你是说，她们不是意外，而是他杀？"

"是的。"

他沉思了一会儿："确实很可疑，你远离他就好，我不想你会发生意外。"

我点了点头。

但是，我却睡不着，我想知道，赵以轩是不是真的是那么凶残的人，但我觉得他并不是那样的人。所以，当他打电话说想见我的时候，我想了想还是答应了。

眼前的赵以轩，看上去有点恐怖，太憔悴了。

"彩云，我真的不想失去你，我改，好不好，我们重新来过。"赵以轩失去理智地晃动着我的肩膀，我害怕地尖叫。

就在这时，赵以轩倒了下来，而他身后，站着高原。

"以后不要背着我见这个危险人物，知道吗？"

我们离开的时候，我看到赵以轩躺在那里，一动不动。那一刻，我以为他死了。

但是我知道没有，因为报纸上没有相关的报道，我用匿名举报了他，但是我不知道，那些警察会不会查出些蛛丝马迹。

6

我跟高原生活在一起，他对我很好，不会像赵以轩那样魂不守舍，只是当某一天我在高原的柜子里找到一叠同样色情的照片，我的心颤抖了。我看到了我的照片，我的侧脸，走在街头，踩着单车经过立交桥，还有，那个溺死的女群友照片。在她照片的背后，还有几个字：如果得不到，就毁灭。

我突然想起，其实我对高原一无所知，我意识到一个问题，那就是高原和赵以轩根本就是一类人，或者说，他们本来就是一个小组织，专玩弄女性，并乐此不疲地攀比炫耀，而得不到的，可能就采用极端的手段毁灭。

我感觉自己落入了一个恐怖的圈套，立马把自己的衣服扔进行李箱。走之前，我扫视了一下房间，发现墙上有个黑色的小东西，我犹豫了一下，搬了张凳子上去看，竟然是摄像头！

我跳了下来，飞一般地冲出去，却在门口被高原堵住："不要走，我爱你。"

"我不能跟一个魔鬼生活在一起。"我咆哮道。

他的手伸向了腰间，摸出了一把瑞士军刀："我得不到的，必定毁灭。"

我一步一步地后退，他刺向了我。

一刀下去，当第二刀将要刺下的时候，他倒下了。

这次，身后是赵以轩。

7

我躺在洁白的病床上，看到赵以轩憔悴的脸，说："我以为在天堂才能再见你了。"

赵以轩看到我醒了，满脸的惊喜："对不起彩云，我瞒着你一些事实，我是便衣，第一起女子溺死事件，我们就怀疑高原，但苦于找不到证据，为了查案我假装成钓鱼发烧友，拍那些走光照，只是为了接近高原，投高

原所好，只是没想到，你也会卷进来。但是，我又不能透露，唉，差点害了你。"

我摸着他额头上的伤，我知道，那一击差点要了他的命。

"轩，你会原谅我吗？"

他笑着说："真傻，现在我们之间算是扯平了，谁都不欠谁了。"

我知道他明白，我所说的原谅并不止这个，但有些东西装傻似乎更好。

"还记得我们第一次见面的情景吗？"

他紧紧地握住我的手，我想我们在回忆着。

是的，第一次见面，我们也来了医院，那天，他让我获得了重生，而这一次，却是新生。

STORY 故事25 蝴蝶骨

　　她身上的蝴蝶骨，褪掉了凝固的化石外壳，像脱茧的蝶，获得了重生。

1

　　每到傍晚时分，经过小区的公用走廊时，都会看到一个女子趴在杆栏上看天空。我常常穿过走廊，坐在青草丛的石凳上，拿着一本经济类的书来看，当然，不是爱好，而是为了应付各种各样的职称考试。

　　我们从来没有惊动过谁，也没有说过一句话，但这种感觉很好，所以每当我经过那里的时候，我就会习惯性地张望，我觉得她应该就站在那里，头稍仰着，人呈倾斜状，长发流苏一样地泻下来，姿势很美。看不到她时，内心就会泛出失落感，说不出这种感觉是出自于什么，但有一点是肯定的，对一个陌生人不淡不浓的牵挂。

　　直到某一天晚上，确切地说，是深夜，我的失眠症又犯了，城市生活的各种压力，总是压迫着我的神经，失眠、噩梦总是接踵而来。

　　我起身倒水，打开电视，电视里放着各种无聊的肥皂剧，以及一些午夜新闻，新闻里说，城北有一个女子被害，凶手至今仍没找到。

　　我关掉了电视，来到了窗口，目光不由地投向那条走廊，虽然离得比较远，但是，却能看到一个模糊的人影。想到那个新闻，心里一激灵，就跑了出去。

　　果然，她还站在那里，而今天傍晚，我并没有看到她。当我走近她的时候，她突然说了这么一句话："你知道午夜的天空，是什么颜色的？"

　　我看了看周围，不会再有第二个人，于是说："除了黑色，还有什么？"

　　"蓝，很浓很浓的深蓝。"她转过了头，很认真地说。

　　这是我第一次这么清楚地看着她，一张很白的脸，眸子很黑很黑，仿佛一口幽深的古井，比黑夜更深更沉。我知道那一刻，周围一切都在后退般飞速消散，而我则以一种无以伦比的速度陷了下去。

是的，陷入浓得化不开的深蓝。

2

关于那一晚的记忆出奇地平静，记不清她是怎么跟我回去的，却清楚记得她站在我的跟前，把头发拢到前面，背对着我。

消瘦的肩，低领的吊带之上，露出瘦而修长的背，上面有着两块突兀的蝴蝶骨。

它们是那么美丽，像两只倦怠的玉蝴蝶，蛰伏在光滑与平坦的岩石之上，那一刻，我竟然闻到了海水的味道。

我的唇轻轻地落了下来，像扑挞的翅膀，炽热而温柔地落在她肌肤之上。我想那一刻，她身上的蝴蝶骨，褪掉了凝固的化石外壳，像脱茧的蝶，获得了重生。

"闪，你知道吗，只有跟你在一起，我才会像隐闭的花一样，再度获得生命，悄然绽开，开得那么毫无保留，毫无遗憾。"她喃喃地说。

我猛地推开她，不解地问道："你是谁，你怎么知道我的名字？"

她无比忧伤地说："我们恋爱过，你知道吗，虽然你不记得，我却记得，因为，我没有遭遇事故。"

"事故？什么事故？"我疑惑地看着她。

"你从楼上掉了下来，就在你面前的那个窗口，然后失去了部分记忆，其中，包括我们的爱情。"

"怎么可能。"我努力搜索着记忆，却想不起来，头部的疼痛却加剧了。我想起了那些药片，想起了我的失眠症，难道她说的是真的？

"那么，你是谁？"

"我是罗梅，你深爱过的女人，我知道你有在绿化坪里看书的习惯，我站在走廊上，只是为了引发你的记忆，让你想起我。但是，我总是失败，现在也是。"

我痛苦地摇了摇头，说："我真的记不起。"

"那么，你愿不愿意再爱我一次？"

我定定地看着她，幽深而漆黑的眼，充满着哀伤。

"我已经爱上你了。"我说着把她拥入怀里。

3

关于坠楼事件，我向好朋友小原打听，是不是确有此事，还有我为什么会坠楼，坠楼之前，是不是有一个叫罗梅的女友。

他说我确实坠过楼，并在医院里呆了一段时间，因为脑部受伤，患上了间歇性的失忆症。至于原因，可能只有我自己最清楚，当时是路上的行人送我去医院的，没有其他人。关于女友罗梅，他总觉得她很神秘，她也没来医院看过我。只有一次，是我出事之前，他来见我的时候，女友刚好离去，看到了她的背影，很瘦，背后扎着条麻花辫，头发很长。

照他的描述，罗梅好像真的是我以前的女友。但是，关于她的一切我却完全想不起来了。我努力去寻找些蛛丝马迹，如果我们曾经相爱过，至少会有她的照片，或许合影，至少我房间里也应该会有女人遗留的东西，但是这些，统统都没找到。所以，我对罗梅还是一无所知。

也许一切从头开始，会比较完美，因为我现在真的很爱罗梅。

我悲伤地看着罗梅，说："你会接受一个记忆有问题的男人？"

"我们的爱是不会变的。"罗梅看着我的眼睛，无比坚定地说。

　　我们的爱不会变的，我喃喃地重复着这句话，好熟悉的话，难道这些，在我失忆之前她曾对我说过？我近乎脱口而出："如果你背叛了我，我们一同死去。"

　　我们同时都呆了一下，我不清楚自己怎么会说这样的话，我想我真的疯了。

　　罗梅的指尖轻轻地划过我的脸："你需要好好休息。"

　　她轻轻地吻了下我的额头，然后关上门出去了。我却感觉此刻某些思维在复苏，而这种复苏却只有模模糊糊的片段。

　　我心里烦躁，服下一包药，便睡下了。只是在睡梦里，我却惊醒了，我梦到了一个女人与一个男人纠缠在一起的情景。

　　那个女人，有着美丽的蝴蝶骨。

　　　4

　　罗梅抱着一束香水百合，穿着大花的裙子，像只美丽的花蝴蝶，飘进了我的房子，而我却没心情欣赏她的美丽。是的，蝴蝶，我开始讨厌这个词。

　　她从角落里找出一个空着的花瓶，然后把花插上，我看着她的眼睛，说："罗梅，我有鼻炎，对香气过敏，你难道以前都不知道？"

　　她惊诧地看着我，有点不知所措："我……闪，对不起，我不是有意的，我现在把花扔掉。"

　　"算了，你喜欢就放着吧。"

　　她像一个做错事的孩子，低着头说："但是，我希望你心情好点。"

　　我把她拉到面前："告诉我，我们到底是怎么回事，为什么我会坠楼，为什么我们以前会分手。"

　　她紧闭着唇，一言不发。

"那么，好吧，你是不是爱上了别人？"

她的眼睛闪闪发亮："你想起来了？"

"你真的爱上了别人，那为什么还来找我，为什么？"我痛苦地看着她。

"有些事情你都忘记了，我不知道现在该怎么跟你说，但请你相信，一切都是有原因的，不是故意的。"

"你跟别人上床也不是故意的？"我突然像一只暴怒的狮子吼道，"我已经想起来了，我亲眼看到过你跟别的男人在一起，然后你们把我推下了楼，是不是这样。"我使劲地摇晃着她。

"不！"她哭着大喊，"我们没有推你下楼，真的没有，是你自己掉下去的。"

"那么，在医院里，你为什么从来都没去看过我？"

"我觉得对不起你，怕你伤心。"

我有点悲伤地看着她："你为什么要背叛我，你知道我爱你，我想我以前应该比现在爱得更深，否则我心里就不会那么痛苦。"

她抱了抱我，像安慰一个无助的孩子："现在，一切不是从头开始了吗？我会补偿你的。"

这时，她的手机响起，接了电话后，她对我说："我还有点重要的事先回去，你好好睡吧，别胡思乱想。"

我点了点头。

她走了后，我去卫生间洗脸，想让自己清醒清醒，冰冷的水拍打着脸，感觉清醒多了，只是当我的目光落在镜子边缘的时候，凝固住了。那是一张很小很小的贴纸，因为位置很靠边，很容易让人忽视。

只是当我看着那张小小的大头贴时，感觉全身的血液都凝固了。那是一张合照，我与一个女人的合照，那个女人有着很长的头发，那张脸那么陌生，但又是那么熟悉，却绝不会是罗梅。

而此刻，我的脑中闪过各种各样的片段，都是与这张脸有关的。笑靥如花的脸、娇嗔的脸、哀伤的脸、愤怒的脸、绝望的脸以及眼中装满极度恐惧的脸。

我颤抖着双手给小原打引话："你还能不能想起罗梅的背影有什么特点？"

他沉思了一会儿，说："有两块美丽的蝴蝶骨，看起来很性感，对了，蝴蝶骨的中间纹着一朵粉红色的梅花，我当时觉得特美，你还说我盯着你女友的背干啥……"

我的手机落在了地上，我想起来了，全部想起来了。我收拾了行李就要走，是的，我要离开这个城市，永远的。

而门口站着穿警服的罗梅，不，她不是罗梅，她用一种近于悲悯的目光看着我，我知道，我逃不了了。

5

我是一个罪人，当我发现罗梅背叛了我，我就想毁掉所有和她有关的东西，却忽略了那张大头贴。之后便跳楼自杀，我说过，我们死也要一起死。

但是，我却被救起，脑部受了伤，部分记忆丧失。为了调查案件，罗梅，不，这个叫丁丁的女人，因为与罗梅有着相似的身材负责了这起案件，来激发我的记忆。

丁丁来狱中看我的时候，说了这么一句话："你知道黑夜的颜色吗？"

我闭上了眼睛："是的，深蓝，浓得化不开的深蓝。"

她悲伤地看着我，我知道，这个女人还爱着我。但是，我不会说，她也不会。

有的爱只能选择沉默，一揭开就是伤害，就如那受伤的蝴蝶骨。

《十二星座诡秘事件》
作者：异度社
定价：26.80 元

《羊皮魔书》
作者：南无
定价：26.80 元

《青花咒》
作者：芙蕖绿波
定价：26.80 元

《诡校笔记》
作者：叶育龙
定价：26.80 元

《七月十四》
作者：徐霖
定价：26.80 元

《午夜讲堂》
作者：沈醉天
定价：26.80 元

《牙医馆诡秘事件》
作者：庄秦
定价：26.80 元

《落花洞女》
作者：三生石
定价：26.80 元

《九重暗码诡秘事件》
作者：异度社
定价：26.80 元

《宠物店诡秘事件》
作者：异度社
定价：26.80 元

《音乐学院诡秘事件》
作者：异度社
定价：26.80 元

《医院离奇档案》
作者：宇尘庸兰
定价：26.80 元

《犯罪现场实录》
作者：成刚
定价：26.80 元

《10 号公寓》
作者：诸葛宇聪
定价：26.80 元

《409 特别班》
作者：风雨如书
定价：26.80 元

《高校不可思议事件》
作者：单洪俊
定价：26.80 元

《玛雅诡话》
作者：异度社
定价：26.80 元

《蝴蝶变》
作者：水湄伊人
定价：26.80 元